小姐这声惊堂木

邹函汐 —— 著

江苏凤凰文艺出版社

图书在版编目（CIP）数据

小姐这声惊堂木 / 邹函汐著. -- 南京 : 江苏凤凰文艺出版社, 2025.4. -- ISBN 978-7-5594-9230-2
Ⅰ. I247.5
中国国家版本馆CIP数据核字第2025NC3962号

小姐这声惊堂木

邹函汐 著

出 版 人	张在健
责任编辑	项雷达
出版发行	江苏凤凰文艺出版社
	南京市中央路165号，邮编：210009
网　　址	http://www.jswenyi.com
印　　刷	南京捷迅印务有限公司
开　　本	787毫米×1092毫米　1/32
印　　张	7.5
字　　数	130千字
版　　次	2025年4月第1版
印　　次	2025年4月第1次印刷
书　　号	ISBN 978-7-5594-9230-2
定　　价	58.00元

江苏凤凰文艺版图书凡印刷、装订错误，可向出版社调换，联系电话 025-83280257

目录

001 / 1 红门少女

007 / 2 女明星?

015 / 3 跟他走?

025 / 4 偷

035 / 5 找

043 / 6 美貌的苦处

051 / 7 唐钰的唐

059 / 8 西夏国主的秘密

065 / 9 我们家的红榝

077 / 10 只敢救他

085 / 11 密室约见

目录

093 / 12 阮听心的阮

099 / 13 八仲府邸

107 / 14 甜蜜重逢

119 / 15 实验端倪

129 / 16 好像在靠近

139 / 17 初到危楼

147 / 18 一路跟着他

155 / 19 传奇入梦

165 / 20 异兽

173 / 21 收获宝刀

181 / 22 唐珣的力量

189 / 23 初到委铭国

195 / 24 闯入派对

209 / 25 再见零七

223 / 26 敲响惊堂木

231 / 27 预备自己

1 红门少女

很有可能下一秒野兽就会冲进来。穿过触手可及的星斗，纯真的微风，还有笑容，打破终究不能忍受的一切，撕碎伪装，露出谎言背后衔接的旋律。要唱完那首歌，要唱完你疑惑的每条线索，去寻找真相。百鬼夜行的时候划过手背的发丝还有低语，可能是诅咒也可能是伙伴。做得更好，起得更早，乔斗斗。起来去继续写完你的故事，你的故事可能会没电，可能会跟你一起沉睡，可是它一定会醒来向前走。

在深深的倒吸里，乔斗斗似乎是被一只鬼手捏住了脖颈坐了起来。她每次醒来的时候都觉得自己的眼前划过另一个世界的倒影。可能是死去的什么。有时候她的眼泪顺着桃型的脸颊落在枕头上。很深的印迹，被她盯了很久很久。她总是觉得那些眼泪里有千言万语。

向前走的时候，最不容易摔倒。即使在这样深深的极夜里睡了那么久，也仿佛是熬了很久。乔斗斗喜欢极夜，极夜像是死亡的世界，她是安全的，要么被野兽撕碎了，要么被鬼魂扯入世界的缝隙，再也不用回头。日呢威特，在土著的语言里象征着如阳光的真相。这里是真正的极夜，每个季节有零星几个小时的日照。

谁住在这里呢？

乔斗斗讨论着这里的物资运送通道。科考队为了提取各式各样冰层里的微生物，让一些神奇的副作用耕种在人类的基因里。这是乔斗斗的真相。乔斗斗的真相包括不限于：参与劳改的林喊永远在喝最后一杯，艾米的诗歌不会被赏识然后发表，曲教授其实根本不想做大老板，她只想带着一屋子摆设过没有人评价的生活。如阳光的真相，名如一个提醒，提醒在这里行动却胜似冬眠的零星几人：再不想回去，就回不去了。

冰冷可以延缓行动的速度，还有拖累人的欲望。很快就没有了。乔斗斗想，是不是自己的身体已经不适应极夜外的速度。是不是这层黑暗真正地隔绝了所有的不快乐。她知道的，自己的网友生活在一个气候糟糕的北方国度。可能每个季节的零星日照是一种节日，只是毫无规律出现的零星日照早就从恩赐变成了压力。

唐珣回忆起自己从前对于毫无征兆的太阳总是生气。它总是在过长的期盼中短暂出现，制造的安抚不够，还有那忽明忽暗欲说还休的意思。唐珣常常想问，你到底想做什么，想告诉我们什么。而学成归来，她掀开小时候记忆里的团扇，坐上小椅子，瞪着面前的那扇深色的门。烟雨朦胧的城里少有的红，从前在一众老皇帝不喜欢的雨城里长出了各式烟青和灰蓝色的墙垣，也长出了逃过掠夺的各式延年益寿的药材。眼下的太阳除去明媚，更多的是一层闷，将人闷出一层熟稔的汗，像是将要迎来一只长辈的手擦拭、牵引。要说这门有什么特殊的，只是因为在唐珣的记忆里，它曾经的鲜艳太过让人沉迷。那个时候她和唐钰因为各种没完没了的事情吵、哭，非要分开，但是又在分开之后闹着要一起玩，长辈觉得好笑也觉得累人，因为她们的每一次争吵一定要兴师动众。

　　唐珣其实很喜欢自己每个时刻里特别轻松和兴奋的那几分钟，甚至可能只有一分钟，因为她从小到大都特别擅于沉溺在自己的世界里，一动不动，就像思维去了另一个次元，灵魂出窍。她有一次特别开心，灵魂回来以后她激动地拨弄了两下门前小姐姐摆弄的古琴，那双手纤云弄巧。唐珣为了庆祝自己的灵魂和身体一起活动自如，也没明白双手与琴弦间的妙处就伸手弄乱了正在震动舞蹈的琴弦。琴音动听处被一则音阶打乱，所有长辈一起嗔怪，因为这不是一向不乐意玩闹的唐珣爱做的事。

确实，唐珣的确没有会打乱一曲演出的玩笑时刻，她只不过总是需要一些时刻去打断自己的灵魂出窍，至于那一动不动的时刻到底在干吗，不如说是在进行一些只对她自己有用的思考。

比如，到底为什么打断弹琴会让自己觉得好一点？可能是为了告诉自己的身体，上一阶段的思考已经结束了，标志是摸乱了小姐姐的琴音，挨了顿骂。

这扇红门曾经是姑姑练功的地方，那个时候姑姑没有进入现在的圈子，她站的位置也没有现在很多年轻人前来拍照，或者拍自己想要留下的好看的视频日记。唐珣和红门，从姑姑练功的那个时代进入了视频日记的时代。从前为自己，此时的日记是不是抚慰别人更多，得到回应的想法更多？拍完不算完，得外人喜欢，声声评论形成的背景音让自己喜欢，这日记才算完。背景音不好听，就再来一条。

红门前曾经有姑姑和傻乎乎的自己。姑姑白嫩干净的脸蛋，蓬松茂密的黑发和她总是剪裁得让自己看不懂的衣料在剑气里划过她自己干净利落的手掌，她的剑锋温柔得像舞蹈里飘扬的衣袖。反正比她自己温柔。姑姑的手上总是有各式各样的手镯，有一只是在隔壁镇上买的银器，银器按斤两定价，那时候是妈妈带唐珦给姑姑买的，银手镯的重量是 1.75 不满，小妹客气的说按 1.74 算就好了。唐珦突然笑着接了一句"要去死"，被狠不下心又气得没法的妈妈拎着走了几步，也不知道怎么收拾突然又瞎闹的女儿。姑姑真的无所谓，戴上也笑得开心。

那个时候的姑姑就是最最好的姑姑吗？唐珦不是那么想的女孩。她不是把最初当作最好的女孩。好可惜，姑姑和剑气一起失踪了，除了她，应该无人寻找。唐珦宁可在记忆里去找她的影子也不想去看什么录像。总是在邻国上学的唐珦长大后很少回到红门，哪怕红门是自己家最重要的位置。红门曾经是这里的人们心里人声鼎沸的地标，可不论家族的发展是好是坏，红门都安静地把一切拦在门外，直到落灰，落成擦不掉的灰。

② 女明星？

她认出戚婵是因为戚婵来到了她上学的国家。

她不同于这里的别人，她手上做过的成绩已经允许她参加很多活动了。她去参加那个活动纯属任性。以前红门别的活动邀请了自己朋友圈里一个不熟的小舞蹈学生，唐珦想去看看她跳开场舞，消息刚发出去对方就奚落她，你进不去！那时候青春期的小朋友都任性，唐珦也没有告诉她这是她家的活动，可也为之影响，悻悻没去。

之后他们长大，朋友圈也变得只能接触属于自己的生活的人，不知道有没有这层任性的原因，她去了很多娱乐圈的活动。有时，她去完会跟阮寸心哑哑嘴说，这娱乐圈自古就来钱快啊。签售、演唱会什么的，都可赚钱了。阮寸心会告诉她，里面都是戏子，看什么粉丝都没有感情的。真是典型的臭男人。

在有一点混乱的现场，因为有明星会出现，整个氛围就更加混乱，唐珦在其中看着三三两两聚集在一起等一个爆炸的

2 女明星？

时间点的人群，绕过突然出现在身前的手，"小姑娘要不要票"，然后低调地走进内场。她从口袋里拿出手机，贴上名条放进手机抽屉。负责人会对一眼她的手机尾号，然后客气或者友好地问候，阮小姐好。比起介意叫她阮小姐，她会低头看着自己幼态的穿搭，摇摇脑袋。虽然是内场，看演出的位置未必是正面的，椅子也不会特别舒服。那个时候手机又被没收了，她偶尔会跟脾气好的哥哥姐姐打招呼聊天。就在那个时候，她相对熟悉起了一个上升期小明星贝茗淑。

第一次说话已经在留学的时候了。她在看着名牌猜测贝茗淑是男孩还是女孩，一个很害羞的声音跟她说，不好意思我回来了。虽然唐珦很喜欢跟长相邻家的小哥哥聊天，可是贝茗淑这种大气的骨相美帅哥，才让她由衷觉得害羞和心里暖暖的。

"请问是你刚刚和我说话了吗？"因为唐珦是坐在椅子里的小女孩，高挑的男明星就半蹲下来，大大的眼睛让她一眼想到这张脸才担得起被人捧在手心里。

"不是。"她局促不安。

"你是学生吧，新城这里有什么好玩的吗？"贝茗淑没有走开。唐珦一时有些不知道说什么，因为她不论在哪个国家，喜欢的内容风格都差不多。她不喜欢人多，很喜欢咖啡和干净的地方，人气越少越吸引她，不太热衷打卡什么特色。一时不知道从哪里开始介绍的她"嗯"了起来。贝茗淑好像也害羞了，他穿了一套白色的休闲装，却半跪在地上，然后摸了摸脸说，这里的水土不服让皮肤都容易长痘。

"你太辛苦啦。"唐珦稍稍放松了一点，想起来自己在网上刷到贝茗淑的时候总是提到他资源太少，本人看起来的确很憔悴。虽然皮肤不好掩盖不了他动人的神情，但是没有休息好的感觉让人想要分担他的辛苦。被她一说，贝茗淑忍不住打起哈欠，唐珦拍了拍自己身边的椅子，她一向洁癖，看中周围两三个都干净的座位才会挑一个坐下。贝茗淑看起来不想和别的观众互动了，就坐下，本想挺直了背，又趴了下来。唐珦打开小包拿出一只非常小的眼药水，熟练地滴完，拍了拍贝茗淑说，这个滴一次7个小时都不用滴了，很好用。那个时候正好有工作人员喊他，他对唐珦友好地挥挥手，然后从她的小手心拿起眼药水就走了。唐珦害羞地摸摸脸。真的很放松，放松的感觉太好了。

她情绪生病的时候很多人是不懂那种特殊的边缘人格的情况的。她在一场生日会上给朋友送了一只手表，然后仔细地回忆手表的细节和给他的时候说话、动作、包装有没有问题，因为那是一个不容出错的夜晚，那些记忆以螺旋状缠绕了她，窒息的她带着眼泪给朋友打电话让她安慰自己到冷静下来。最严

2 女明星？

重的时候她需要连续两晚打急救电话让专业人员安抚自己，眼睛红肿干涩却依然止不住眼泪。比起那时候，能让贝茗淑从自己手心拿走眼药水真的很美好。

后来回国的时候也会遇见贝茗淑在活动上，确实为他而来的粉丝观众是比较少的，唐珦不是任何人的粉丝，她告诉贝茗淑，自己一个人来看看是因为即使有空，也不太喜欢去各式各样的聚会或者刷手机。她仅仅是看中自己每次参加活动的时候人员限制严谨而且可以不用看手机。仔细接触以后发现明星真的很害怕活动，至少贝茗淑就有点。

她唯一一次明白这种害怕就是在戚婵的那场活动上。戚婵混在人气比较高的女明星里，唐珦对此没有任何特殊的感觉，戚婵好看，气质还可以，比较冷淡的感觉，她在演戏的时候练习过剑舞，可是不像姑姑的剑，那是作为养生的能力打小练起的真实的剑法，女明星的剑舞应该还是以好看为重。当戚婵透过网络真实地站在她眼前，她惊得头晕目眩。戚婵的脑袋很小巧，头发光洁得任谁都忍不住想伸手抚摸。戚婵背着舞台，伸出一只手甩了两下背在身后，然后扶了两下自己的腰。她回头以后看了几眼观众，只笑了一下，就挥挥手继续准备接下来的活动。

她看见我了吗。唐珦问自己。

不知道。

接下来的活动里，戚婵也是该参与多少就参与多少，没有刻意敷衍不耐烦也没有任何一个多余的互动。这种态度很商业，又很像她自己在气人。轮到需要给一个一个观众送小甜品的时候，戚婵看着唐珦白嫩的小手心停住了动作。唐珦看她慢慢想抬起眼睛，又故作没有地走向下一个观众。很难描述那到底是一种什么心情，当然还没来得及有心情，内场的围栏就发出一声巨响。应该是有什么很重的东西在剧烈地砸内场临时搭建的围栏。唐珦不敢去看。很明显，台上的明星艺人都警觉得不得了。主持和安保开始护住台上的人，贝茗淑想要护着台上两个女星，也盯着台下。外面吵了起来，隐隐听见了戚婵的名字。唐珦感受了心跳的加速，开始紧张，她一向害怕危险，因为有情绪病史，她没有一刻不怕自己失去身心的平安。她低头，想闭上眼睛，想捂住耳朵，可是又想真的抓住谁，她好想去台上躲在贝茗淑身后。理智在喊叫，恐惧很熟悉，让她眩晕，就在不知所措的时候，一只冰凉的手抓紧了她。

"醒醒。"醒醒。

那一瞬间，自儿时就有的灵魂出窍开始了。她好像在一个很清凉的地方，那里有小时候的阮寸心拿了一只抽小陀螺的

2 女明星？

鞭子想要打她,她想躲开,一只手打在生满了小刺又难闻的花上。她抱着自己哭起来,手上酸疼一阵一阵。姑姑过来轻轻抓紧她一截没有被刺到的小臂,然后她呜咽着说,唐冉我没事了。唐冉,我没事了。

好像有冰凉的手捏上了自己的脸。戚婵很着急,公共场合拉扯又会被传出去,好在她手里的小脸捏着有了苏醒的迹象。

唐珦的隐形眼镜慢慢让涣散的视线回来,才有了眼前的那双眼睛。认出熟悉的人从不需要用五感。这双撞进自己眼里的眼睛,分明和刚刚的白日梦里的一模一样。你在我心里,从来没有离开过。

所以,哪怕只需要一次对视,加上第一眼戚婵的背影,她的心就知道了。她仔细想,唐冉的消息没有了以后,这个人就像不存在一样。一向比较和睦、没什么矛盾的家族并没有像面对其他小辈一样再去讨论唐冉的规划。唐珦对于任何人避之不谈的事情一般都不会逼问。除去她比较害羞内向以外,更重要的是问出的消息不论真假可能都有代价,而她不爱付出自己,也不爱处于劣势。还有一点让她确信的是,以自己多疑的性格,想到戚婵身份可疑的第一时间就决定保密,不和阮寸心讨论,所以她的潜意识也知道自己好像发现了什么。

3 跟他走？

红门的晚饭吃完以后，阮寸心想拉她出去玩。

唐珦深知自己回国以后就要开始为了自己的以后多对别人好一些。他们俩记得上次去夜店开卡座十分尴尬，因为现实生活里帅哥还是没那么多，所有阮寸心想认识的女生都让毫无乐趣的唐珦去加，而他们又不想真的同时把那么多女生叫到一起玩游戏。唐珦在女生里的魅力真是越长大越明显。后来他们俩坐在几瓶酒面前，下不去口，越喝越醒。唐珦告诉他，没关系的，应该珍惜这种还想出去玩的时候，再长两岁，没了兴致，出去玩的欲望会小得让人难过。

阮寸心学聪明了，开了一间 KTV 房间，叫熟悉的朋友一起玩。很多朋友开始了自己的事业以后不方便或者没有精力去夜店玩，对于唱歌真的越来越喜欢。越长越孤独的时候，谁也不想在酒精之后去切身孤独，或假装这个解在他人身上——唐珦身边没有这样的人。

3　跟他走？

　　1773号房间门口，一个戴着灰色帽子的男孩非常疲惫地靠在墙边。他到了挺久也没有走进去。他在蓝色灯管装饰边上快要睡着了，安详得很大声。身边路过的人不会好奇这个男孩子开了一天车，微信上有数百条没回的消息，今天吃了装了半碗的麻辣烫里煮得软软的面条，小心翼翼没有一滴漏到便宜的外套上。帽檐里，乖顺的刘海之下，鼻尖和嘴角睡着也不会松开，那种一看就不爱向任何事妥协的表情。直到熟悉的前奏响起，他脑袋里所有的闲事振动了一下，是快清醒的标志。《沙文》这首歌实在是太难唱了，阮听心靠在门口听里面的女孩开口就是复杂又有力的声线，唱"最终也只是泡沫，谁恐惧一看就破"。出声就知道心里事不少，逃不掉，歌声又努力在点燃什么。她只是在唱歌，没有KTV里特有的表演情绪，这是一个不在乎听众只在乎自己的歌者。阮听心又闭上眼睛，一分也不想浪费地听完了整首歌。

　　他推门走进去。躲过所有扑上来打招呼的人，去找现在麦在谁手里。跟想象中成熟御姐的外形毫不相干的是一个圆眼睛圆脸的小女孩，她哼了哼结尾，就跟阮寸心说要吃水果，甚至也是通过麦继续说话。穿了一件黑色连衣裙，手很内秀地自然垂在腰间，跟歌声里的有力灵魂一点不符合。她说话的声音是很软糯的，每句话结尾好像都在惹搭话的人去惯她一下，是南方女孩特有的嗲。

阮寸心拎着唐珦跟高了快一个头的帅哥说,这就是唐珦,阮听心毫不意外地看着这个小姑娘脸上路过一丝开心。阮听心有异域骨相,眼睛圆圆的,其余五官组织拼成一副上镜的外表。唐珦一看就明白,这个帅哥是送个外卖都会招惹女孩的类型。阮听心是阮寸心的平辈,应该是差不多年纪。唐珦从来不是符合男生乐趣的玩伴,他们不论在说什么,闹什么,她都不受影响,当自己不存在。

阮听心看见很多女生好像打开二维码准备来找他,就坐下,把唐珦也拉着坐下,问"你的名字是哪个 xiang 哦。"

"这样子,王字旁,表示是一种玉。"唐珦很开心帅气哥哥愿意和自己一起玩,她见过的自然美女很多,这种在基因上取胜的帅哥实在是少得招人疼。阮听心拉开一罐饮品以后远远瞟一眼点歌屏幕,唐珦开始猜他会唱什么歌呢,会像阮寸心和其他男生一样说唱吗?阮寸心也在她视线斜对角,在阮听心面前存在感真的少了一大截,不过也有可能是因为看腻了。

阮听心没有去点歌,但是他看见下一首不错就直接抢麦开始唱了。其实唐珦讨厌任何没有礼貌的事情,可是阮听心做完这些在她心里依然是一个有教养的人。他稍微清了清嗓子就开始唱,是《春泥》。唱得很不错。

3　跟他走？

因为都是认识一点的朋友，玩得就很和谐，做游戏什么的也不会觉得冷场或者无聊，因为都是有心出来放松的。就在一个小帅哥跑到小吧台上去说唱的时候，女孩子都把添加好友的二维码打开当作应援灯。后来阮寸心也去唱，然后有大胆的女孩喊麦，一定要介绍阮听心。唐珣注意到等到阮听心上台以后有男生互相使眼色，但是也没说什么。阮寸心很简单地介绍了一下，说他是亲戚家的孩子，算是表弟。离得近的有一个女生对着他喊了一句"阮少爷，什么时候回家啊"，阮听心脸上出现了一刻愠色，阮寸心假装搭话，说喝完回。唐珣假装没看见。

又打闹了一会，阮听心发泄一样拿起了麦克风突然和着旋律很认真地开始唱。

"我向你飞，多远都不累，虽然旅途中有过痛和泪……"在阮听心着急的怒音里唐珣又被突然开始的熟悉的感受击中。那是一种有一阵子没有出现的感受，像又突然开始了一种白日梦，梦里那个瘦高的背影也在很认真地唱这一段旋律。那歌声无法形容，会让不爱音乐的人听自己不感兴趣的歌，整个人的感情和魅力都糅合在里面，有故事而且很好听。再听，唐珣就会看见那张有点瘦削又幼态的脸，白白的又总是很虚弱的感觉。唇齿线条让人移不开眼，笑容总是恶狠狠地在嘲弄别人。

心里一阵疼痛以后唐珣反应过来，自己正在一个KTV包房里，正在现在的时间里，身边是朋友，不在红门里。阮寸心有点担心地看着她。尽管他们情同兄弟，不是每次阮寸心都能猜出来唐珣为什么不开心。

有阮听心这样的帅哥在，原本友好的氛围一下子就妖魔化了，打破了熟人局的初衷。女孩子们掏出小镜子想要补妆，勒紧了腰带。她们大声地讨论想要转场去夜店，引起在场男生的热情呼应。唐珣收拾收拾就想回家，那种跟阮寸心受过的无聊的罪，她不会让自己再受一次了。阮寸心作为第一个局的主人肯定要去定位置，他一向是付钱小冤种。唐珣出门的时候大家以为她是急着去洗手间，然后阮听心也说自己要去。

绕远一点的电梯被一只手抢先按开，唐珣抬头就撞进阮听心大大的眼睛里，那里总是温柔得像湖水。不是一种比喻，真的就是像她去旅行的时候那种风沙遍野绿洲稀少的地区突然出现的一片湖，她在想他会不会是少数民族的混血儿。他在电梯里把头发拢好，束成半扎发。光洁的额头下，鼻子更挺了。似是意料之内，即使没有邀约，唐珣也知道自己要跟他走。

"去哪啊？"阮听心不答话，先打开手机，露出的几百条未读信息还是很让人意外的，也太多了。唐珣想起刚刚包间里让他生气的话，所以，他不肯回家？唐珣跟着他去了车库，他

3 跟他走？

拉开车门，地上印出一朵花样的车标。

"你会不会疲劳驾驶啊。"从来不懂车的唐珦坐在哪一辆车上都是乖乖的服从状。

"那你开吗？"阮听心好笑，看起来没有刚进 KTV 的时候那么困了。倒是唐珦，看起来有点累了。阮听心准备开车，点开了刚刚唐珦唱的《沙文》。唐珦微笑了一下，满意地想要闭上眼睛。她希望车程长一点，这种享受真是不多了。

不知道到底睡着了没有，再清醒过来，音乐已经换成了比较安静的那种，唐珦看他捣鼓手机，想一个手机不离身的人这么不回信，发信人知道了会多委屈啊。还好唐珦不是这种。现在的唐珦已经快到 25 岁年龄分水岭了，她以前当然也有不停给一个人发消息的时候，如果是给喜欢的人，那她的目的甚至会是为了让对方跟收不到信的她一样痛苦。后来互联网和社交媒体发展迅猛，她在铺天盖地的新闻里害怕起了很多负面新闻、负面情绪，逐渐对于远离人群上瘾，就不怎么用消息和社交媒体了。但是在她心里她不同意一个人成长了就应该被剥夺发疯的权利。

"怎么还学会偷看了。"阮听心弯起嘴角，"不睡的话，我去买东西。"唐珦看他走向了一家便利店，然后拿着一盒黑色的烟出来了。一般他们这种金贵男孩子都去买那种她不认识的烟，然后她反应过来，便利店买的她也不认识。

"你总是来这里吗？"她不认识周围是什么地方。

"是的呢。"阮听心坐下以后打开门开始拆烟。"我在这上班。"

"没关系，我不抽。"虽然对方没给她，但是她想逗他。

"带你去我家吧。"阮听心好像没被笑话逗笑，但是被人逗笑了。

"行呗。"唐珦估摸了一下自己的直觉，她是想去的，那就去吧。

"吃什么吗？"阮听心每看她一眼她都觉得开心，真的好帅啊，应该好好珍惜。他的长相和表情都踩在唐珦的审美上。"我家什么都没有，附近也没有外卖超市。"

这种荒郊野岭平时唐珦最害怕了。但是她认真地想了想，好像暂时不饿。"有小面包那种零食吗？"垫一垫过嘴瘾应该就好了。

"喜欢什么味道？"

"巧克力不太喜欢。巧克力或者巧克力棒喜欢。别的东西喜欢草莓。不爱吃冰激凌因为冰激凌化了的感觉不好。"

阮听心记下来，然后想要是女生总是这么回答问题该多好。

3　跟他走?

又开了很久,久到唐珦觉得自己这次过足了跟帅哥兜风的瘾,他们才在一个干净的小院子里停下了。唐珦突然认出来自己曾经和唐家长辈一起来过这里。这里的的确确是阮家一处住所,所以阮寸心说的喝完回去是真的。

"你带我回家干吗?"阮听心说一般人都是出发前问。

"有什么事吗?"唐珦明白这肯定不是任何一种约会。

跟着他从车库进门以后唐珦觉得他家真的太空了,是一进门就知道里面什么人什么事也没有的感觉,好处是很干净。

"这家也太好了吧。"这种什么也没有又干净的地方,唐珦真的太喜欢了。

"白天邻居们的动静还是很有人气的。"阮听心拧开水开始喝。

"我能去洗手间看看吗?"唐珦露出小鹿的神态,想要检查一下卫生死角。到面前她愣住了,这个洗手间简直像是自己打扫出来的。

◆ 4 偷

林喊看着冰面上忽闪着蓝光，他搜寻着记忆深处会不会有深色、布满鳞片的手拉起闸链，将水深处的巨型冰墩扔出平静的表面，带着日呢威特特色的生物嘶吼，带着千百年不死的巨型生命力忽略着自己的人类身体。

冰，这里除了冰还是冰，很难弄清楚是动物，还是被极限物理条件拖垮的身体正在制造更多想象，普通生灵以外的长寿妖物，传说布满了这些岸上世界镜面对应的湖底，甚至是海底。

乔斗斗刚来的时候林喊告诉她，并且给她画了全是圆圈的图：这里有传说，呜咽着的女鬼骗走路过的人的理智，然后让他们下水来私奔。不过水在底下圆形的洞中打着旋，让上一个季节淹死的身躯浮现在下一个季节。

乔斗斗摩挲着总是以对称形态浮现的日呢威特装饰圈，能够适应这里的生物、食物甚至死物都很少很少。颜色也一样。日呢威特最漂亮而且昂贵的颜色都在曲老板的家里，那是一种偏黑、偏绿的金属色，暗无天日的每一天，这个颜色被称为日呢威特所有动物可以看见的颜色。

阮家别墅。一只蝉一样的漂亮虫子停留在唐珦手边的窗户上，飞行和停留的时候都十分安静。周身是一种深绿色，是黑色金属才能发出的绿色光芒。

他的家里饮品还是比较全的，从类目上说。唐珦看着他把两瓶苏打水的拉环和开口都擦干净，再把嘴巴会碰到的位置左看右看，简直想搬进来住。然后他们坐在一大一小两张椅子上开始看什么也没有的夜空都快亮起来了。唐珦洗了手撕开零食的包装问，到底为什么带自己回来。

"你害怕吗，你害怕的话我把你送阮寸心家去。"

唐珦在心里翻白眼想，我是没有家吗？不过阮听心买的小零食都好好吃，看来那个便利店不像外表看起来那样普普通通。

唐珦想好好地洗漱干干净净地入睡，阮听心表现得就像她不在一样去做自己的事情了。他们再也没有说话。

唐珦睡得很晚，玩了很久的手机但是也安心睡着了，等她醒来的时候手机上也只有几条信息。她看见唐家的微信群里都在问自己怎么样，心里一紧。原来家里有被闯入和盗窃的痕迹。警察已经上门了。

她着急地打给爸爸妈妈，发现他们都没有回音。她翻回去看消息，没想到连她玩了一夜他们也没有急。

她在房间的卫生间洗漱好，出来才发现家里已经没人了。阮家兄弟应该知道点什么，唐珦一向很害怕任何危险或者负面新闻，连被盗也吓得一直心跳过速。在唐家长大的经历又让她觉得自己不该过问很多，她一直都是不听不问就不想，反正她平时想的就很多，乐得做鸵鸟。

可是那毕竟是自己的家被盗了，为什么要警察来？万一上新闻了呢，可以找自己家里相熟的警署低调调查啊。难道说是需要上新闻吗？意识到又开始多想，她立刻又捧一把冷水浇自己，每次不冷静的时候都是这样。

阮听心早上出门去阮寸心家喝小馄饨。并没有像唐珦想的那样他们在一起密谋着什么东西。

"又没睡啊。"阮寸心问。

"你不也没睡，唐珦应该睡了。"

"行，都是进化掉睡眠的物种。"

"你不懂了，没出息的人才睡觉。睡觉的时间可以干多少事啊。"

4 偷

阮听心的眼睛又盯着手机，他们两个安静了一会，他问唐珣喜欢什么样的衣服。

"你买？"阮寸心愣住。"你现在还有钱吗？"

"没钱就继续上班。"阮听心碗底喝了个干净。

阮寸心想，是不是他打工的时候发现了长生不老的秘术。然后揉了揉额头，想起自己那个青梅竹马的顽皮"弟弟"唐珣。在他眼里唐珣永远都是一个样子，她换一万种装扮，也是那个一直想自己的事情的唐珣，所有兴趣执着于自己，当然以前喜欢执着于她姑姑。后来，后来有一阵子……

回忆把阮寸心也拉回到红门的从前。从前好像总是那么让人着迷，也好像它的任务就是一直提醒着从前的存在。唐冉会穿着他们都不明白的衣服，但是很好看，在门前养生。一整套剑法像某种仪式，在打开什么神秘的门，联系什么神秘的人。他觉得自己的想法越来越像唐珣了。他自己的想法是不明白唐冉为什么执着于把剑术练好，在他记忆里那是隔壁的小国委铭国非常喜欢的运动。现代社会除非影视需要，谁会把剑花练得出神入化、专心致志？难道，就和别的女孩练普拉提一样？

那个时候还有一个人，那个人曾经让红门吵起来不顾以冷静自恃的百年声誉，而是闹哄哄堪比市井，慌乱失态。那个人在自己和很多大人孩子的传闻里像个跳梁小丑，是个笑话，唯独在唐珣的眼睛里，他是英雄。其实那个时候阮寸心对唐珣总是有种说不清的感觉，不可能两人相处这么久他都没疑惑过感情上别的可能性，又何况青梅竹马总是不一样的。其实那个人风度翩翩，仪态甚好，根本不像自己成年后遇见的许多人，他们比他恶心太多了。孩子嘛，看见什么可能是大人决定的。

那时候蒋先生是一位德语翻译，总是去给唐爷爷和阮家翻译一些图纸和手稿，大概和阮家一些工程有关。最初他只是听女眷闲话过他"不知是谁介绍来"，又说"动了歪心思"，阮寸心是顽劣的男孩子不好奇，只是知道每次自己在红门里看他出现在饭桌上，那氛围是小朋友也能体会到的"妖魔"。在那种压抑里，唐珣看着蒋先生被侧目、奚落，那时候基本只活在红门范围里的她哪里受得了有人那样对他，可能是出于她的单纯和正义感，阮寸心甚至为她难过。

女眷最喜欢说他男生女相，眼角有一颗痣，脸上没有肉，极没有福气。不过他们也说唐冉脾气太差，一定嫁得不好。爷爷虽然会唾弃这些话这些想法，可是也没有真的做什么去维护一个翻译。阮寸心那个时候不懂，能掀起这样的注意力说明已经有什么事情发生了。

他不知道小女孩有没有什么男生没有的特殊家教，但是他知道唐珣每次想和蒋先生说话都挺小心的。可是又能看出她看

4 偷

着蒋先生的时候总是满眼珍惜,好像这次说完没有下一次,又好像在努力地记住和蒋先生有关的一切。蒋先生格外瘦削和高挑,那双手简直属于一个病人,可是他对包括孩子们在内的每个人都露出温暖的笑容。但是人心五寸难靠近,他的仪态在众人心里早就被翻译成了攀附和别有用心。

阮听心拉着易拉罐的拉环,敲敲阮寸心的杯子。

"别回忆了,唐珦应该快忍不住去现场了。"

人是很喜欢窒息的感受的,不然不会在那么多放松愉快的生活里自找麻烦。唐珦看见过细胞病变的时候那种自我毁灭的样子,她的老师波特曼跟她讲述,为什么应该重视自己的健康,因为那是人和自我毁灭的趋势抗衡的努力。

唐珦在阮听心家里转悠了很久,手机上也有很多条闻讯关心自己的信息,她想拿出电脑来做点事情,可是各式各样的想象一直在阻断她专注地看文献。她受不了,开始化妆。

等到她已经准备叫车回家了,阮听心进门,唐珦像是被抓包了一样关上屏幕。阮听心一点看不出疲惫,示意她上车。

上车之后,唐珦决心直接一点去处理这件事情。

"你们有听到什么吗?"话出口还是不大有底气。

"唐珦,其实我觉得你应该可以,勇敢一点。"阮听心说这种话的时候都是若有所思的样子。唐珣本来想顺着自己从前的人设说一些类似于"可是我觉得自己应该保守行动,因为我的能力还不强"这种话。可是阮听心应该什么样的撒娇都听过了,自己还不如好好思考。自祖辈开了好头以后,唐家后辈开始追求各自感兴趣的领域,大家都会努力做好。所以以唐家人的能力,分析一下最近几件奇怪的事情还是必要的吧,唐珣鼓励自己像个冷静成熟的人一样开始思考。

困扰自己的是什么呢?首先肯定是因为家里被盗了,而且交给警察处理了,那说明……

瞎分析什么嘛,明明想不出什么来。她有点急,看了一眼阮听心,突然觉得灵光一闪。这事情不对劲,得从很久以前开始想。从前是指……

"你最开始觉得自己听见红门的事情却不爱想,是什么时候?"

"是我参与红门的事情却没有好结果。"

其实唐珣的成长过程中被别人打击是很少的,可能是因为自己对自己已经足够怀疑了。她主动参与红门的事情,是不可能的,但是那年她只有十二岁,她很想参与。那个时候家里有她最黏的姑姑,还好别人没有特别喜欢她,不然按照唐珣骨子里生出来的善妒加小心眼,该不爱黏她了。她喜欢"唐冉、唐冉"地叫，因为那样子可以显出她们关系不一般。就在她时时黏住和善却不爱说话的姑姑的时候，不难发现姑姑的眼神逐渐变得格外柔软，看得什么都不懂的唐珣都有些害羞。

这都是因为那时候爷爷会召集各种天赋极好的年轻人来工作，虽然家里有适龄的女孩子，比如唐冉，在那个年代避嫌还是很重要。可是既然都是爷爷钦点的年轻人，那么总是可以交朋友的。那是唐珣第一次发现环境气氛妖魔化是什么感觉，就像全是美女的包间里走进来阮听心一样。

听到这里，阮听心皱眉，又有点想笑。

所以他们就会开始约着去散步、看电影、跳舞。但是只有两个人在这种氛围里行为又最不寻常。蒋曼声比院子里的年轻人都高，而且很白。也会有人说他面相不好，可是他从来没有主动地邀约过任何一个女孩子，哪怕她们对他也隐隐有好奇。唐冉因为也很适合当时蒋曼声翻译的小项目，所以有时候他们会聊聊天，那个时候唐冉总是话很少，但是她很期待蒋曼声来的时候。

蒋曼声每次来，唐珣都是胃里翻腾的感觉，蒋曼声有一次给她们俩都摘了花，那个时候唐珣骂了他一句"神经病"。但是把那朵花怎么藏也不安心，放在妈妈看不见的地方，又想安好地放在自己也看不见的地方。那个时候她每天照镜子都觉得自己长相平平，家里的衣服也是以穿着得体为主。

"所以……你们俩都想见他？"

"后来，反正不知道什么原因姑姑就不理他了。有一次他们闹得特别凶，本来大家就不喜欢蒋先生，后来嘛就……"回忆里那时候压抑的心情，直接阻断了话头。

"嘶——"小姑娘叫先生就是好听。

他们下车舒展了一下，最后一段路会走过去。唐珦今天穿了一件米灰色卫衣和紧身裤子，倒是穿了黑衬衫的阮听心比较抢眼。他们也没有商量计划，但是周围看起来有盯梢的人，都已经注意到了。也不知道到底有没有人知道唐珦具体长什么样，这年头女孩子微整、化妆、减肥，一年一个样。唐珦想到因为家在山上，曾经半夜有蛇，还有别的活物，吓得拍了拍大腿，然后还是上了山。毕竟看起来正门需要交给阮听心去吸引火力了。后门进去是需要一系列钥匙的，谁也不知道唐珦有这些钥匙。她此时想不了别的，这段路时不时需要把脚踩进无人修葺的灌木，她觉得痛苦不堪，每次把脚拔出来就左看右看地检查。

5 找

到底是什么东西被偷了哦。唐珦犹犹豫豫地想插进钥匙，短信就来了提醒。"你检查一下家里有没有人。"唐珦捏紧双手在心里狠狠骂了一句，为什么把这么吓人的事情交给自己或者把这么可怕的想法留给自己啊。青春期结束以后唐珦看见这种句子就一个白眼撤退了，可是说不清是阮家兄弟很确信这件事是她要做，还是因为毕竟偷到自己头上了，她一边怕得要命一边想能拿什么称心的工具呢。她犹豫了一下还是拨好了号码在屏幕上，然后开了门摸索门后的开瓶器。室内是很明亮的，唐珦突然想改变计划，自己又不是抓人的，估计也抓不了，外面全是人。如果屋子里有坏人，她还是应该让他绕过自己跑出去。她"咣当"一下砸了手里的开瓶器。

没有任何动静，看起来应该没有人。会偷什么呢？自己虽然回家以后本着洁癖的制约总是打扫家里，可这毕竟不是自己常常住、一手收拾的屋子。即使有不对劲的地方，能察觉到吗？

5 找

  在进门之后，喑哑的光投进屋内。规避使用红门宅院经常有的深色，唐珣家装修又日常又舒心，讲究住得身心温暖。按照这个思路，家里所有的东西还是有自己的规律的。家里很干净，所有东西都有减轻麻烦的用处，为了卫生准备的工具总是很齐全。带着这个思路，唐珣重新审视这个家。这是个漫长的过程，要像平常的自己一样慢慢审视整个屋子里的所有东西。警察来过以后说不定已经重新打扫了，基本上从脚印、灰尘上看不出东西。她耐着性子一个房间一个房间地看。书房灰很大，但是里面确实只有旧书，应该是爸妈恋爱的时候读的。厨房，应该不会专门偷厨房吧。妈妈的书房小摆件很多，是唐珣每次回国买的。她找了一圈，这方法不知道有没有用处，却也放心不下。一阵眩晕后，她走进了自己的房间。好饿啊，干脆吃饭去好了。粉色的窗帘总是被拉上一半，因为唐珣特别反感任何人看自己，她，很胆小。

  她休息了一会。闭上眼睛，她突然反应过来家里让她紧张的原因——不见的是声音。钟被偷了吗？不对，家里有钟吗？是什么声音，一直让自己觉得不对劲呢？五感里缺失一感，她疑惑地坐起身，看来只能在自己会待的地方找到答案。她绕了一圈，勉强发现两件事。第一是，自己房间的所有摆件基本上都不会看她，而是互相看。而今天回家的时候，有一只套娃被扭过身子背过去面壁。唐妈妈应该不会这么做，如果她摸过，应该会忍不住把娃娃背后的书擦干净。

她也不是什么靠直觉判断事物的人，做了一个大胆的猜测以后，走向了家里的钢琴。

"走吧。"阮听心还在原位，"我们去警署看看还有什么需要看的东西。"

医院和警局都是唐珣这种洁癖党很不乐意去的地方，警局说不好会随时钻进来血呼啦扎的人和满身的泥，而待在医院让她害怕得连家人朋友也劝她收一收脸上的嫌弃。阮听心看似乖巧地交涉的时候，唐珣一直都在认真地玩手机。她不想一不小心看见一个什么画面然后花精力去忘记它。

一阵吃东西的动静让她抬头，看起来周围人都在办公的时候，一对比自己大不了多少的男女正在吃外卖。男生眼睛瞪着屏幕，看起来装扮挺体面的，但是吃东西那个着急劲让唐珣内心深处那个高冷洁癖小公主开始翻白眼了。她又惊讶又有点忍不住，毕竟看人家吃饭是自己不对，可是怎么能吃那么凶啊，这一块排骨还没有啃完呢，下一块恨不得让牙齿再生出一行来继续吃。

"珣珣！"阮听心回头喊了她一声，温柔亲昵，让年轻人都有一些侧目羡慕。唐珣想起来自己是跟帅哥来的，温柔得笑了笑。她余光瞟见吃外卖的女孩对自己翻白眼翻得要上天了，就走向阮听心靠着他肩膀。

"不喜欢这里。"唐珣撒娇，阮听心了然笑得宠溺，但是继续看着眼前的手续。

等他们终于进去以后，唐珣好像没太听清跟他们解释调查的警官在说什么，她只是听见了另一个屋子里动静不小，气氛焦灼。

"所以其实我们对于——"

"请问隔壁房间怎么了呀？"

"隔壁房间主要是，被网警逮到了。"警官看向她，耐心地摸了摸鼻子。

"啊？"最近有什么特殊的新闻和线上活动有关吗？没有太多印象。

"反正就是已经线上线下，围捕布控了很久，只有一个小女孩被抓住了，而且她很多次落网了，什么也不说。"警官看起来不想敷衍唐珣。

等他们出房间的时候，唐珣发现走在身前的阮听心和警官都在看那个闹腾的房间，唐珣准备偷看的时候，发现双手上挡着外套、被一个成人挡在身后的瘦小女孩抬头，看向自己，表情从原先的气恼变成了疑惑。

等他们走出去，唐珣在想自己有什么原因让人家觉得疑惑，就听见吃外卖的女孩声音不小地拖着尾音念，"人家是富二代，打了招呼的——"

唐珣心下泛上来一股发酸的潮热。阮家的阮寸心勉强算富二代，剩下的他们在富人里实在是过得拮据。现代社会怎么还有人会这样子"嘴"别人啊，她想，面上却在笑着。

"他们刚刚说什么有用的信息了吗？"

"结合你说的，钢琴之后估计有东西，然后你们家许多的像俄罗斯套娃一样的东西恐怕有玄机。"之前在家的时候，唐珣发现的少了的声音，其实就是钢琴背后掉落的东西一直放在那里，那种共振的嗡嗡声，结合钢琴挪动有新鲜的痕迹，唐珣觉得自己应该发现了什么。

"你父母呢，应该不希望你去管这件事。但是……"但是，唐珣自己也常常告诉自己，现在十八九岁或者二十出头就独当一面的年轻人多了去了，自己却总是下意识地觉得不让自己知道的东西，就不知道为好。

"我的感觉是，看样子没有图财的可能性。你们社区没有别的失窃报案，而且说实话，图财不该偷你家。"唐珣点点头。

"那么应该就是别有所图了。"那范围就大了。唐珣家可是唐家长辈最信任的,可是具体家里珍重的是什么,在哪里,唐珣心里也虚。这些年她喜欢留在国外,就是怕一回家,在恶心人的场合看外人一脸志在必得得好像比自己更了解自己的家。

阮司机想东西没完没了的样子让唐珣有点难受。因为自己的生活经历加上早两年开始,和亲近的小闺密相隔千里,她越发地发现在一个群体里信任的是男生有很多不方便,她不了解他们,他们要是能一起玩也会下意识不理唐珣,就像听心、寸心有什么事情就商量好了再告诉她,这让唐珣有点孤单。

"我有个远房堂妹,过几天要来出个差。"唐珣惊讶地抬起头,难道祖上的发达是靠着什么超自然力量,阮听心会读心术?那这么多年的相处,阮寸心不会谋杀自己吗?

"看我干什么。"阮听心只是觉得安静,怕唐珣胡思乱想,所以想随口转移她注意力而已。"我是说,你看你和阮寸心财务自由,能不能就陪她玩呢?"

"你哪个堂妹啊?"

"叫什么来着。"阮听心皱眉。"就那个戴帽子的。"

"戴帽子的?"唐珣也皱眉开始追忆童年。没过多久她产生了不好的预感。

"林……"唐珦不冷静了。

"林绮媛。"唐珦瞪圆了眼睛。尽管她不会承认,可是她清楚地记得自己小时候,在讲流域文明的课上撺掇当时的同桌把一张标注"起源"的兽嘴小人画投影给了所有人,原本林绮媛跟这事的关系没人反应过来,是当时瘦小、肤色偏黑又一直介意自己牙齿有些显嘴凸的敏感时期,林绮媛自己哇哇大哭起来。

阮听心看得见唐珦脸上丰富的表情,"说吧,你们俩有什么过去"。

唐珦尽可能复原了这个故事。"但是你要知道,其实我根本没想欺负她,我只是想到了。我付出代价了,我,我青春期各种被人说丑,拎着我的名字被人起外号,现在看你这么帅我就明白了,你们的脸长开了那就是绝美的五官线条,那小时候肯定看着生硬,都是我不好。"唐珦在狡辩的时候说话比说唱还快。一口气里填满的借口撑满了心虚的拍子。

"没关系,她应该不记得这些事了。"阮听心听得发麻,他当然不在乎了。什么上学时期的烦恼,他倒是希望自己有,不过外貌上的攻击,他的确没受过。但是也没有谁保证说好看的人就一辈子只沾外貌的光啊,长得好看的苦,世人就难懂了。

6 美貌的苦处

唐珦再见林绮媛就明白，她哪里忘记了，才没有忘记。林绮媛的做派延续她的家庭，虽然不像现代有的显贵人家追求牌子，她极其注重健康和隐私安全。这其实很让唐珦心动，她因为不断换环境不停地要求自己少和环境里的人接触，多接触风景等等，多一些体验，那样的东西才能带走。朋友留下得少而珍贵，矛盾也犯不着。她热爱一种别人看不见自己的状态。可惜了，林绮媛富有吸引力的生活应该是不会跟自己分享了。

明明就是美艳的富家千金，偏偏就喜欢戴帽子。唐珦恶劣的潜意识说，是不是小时候的玩笑过头了，成长过程里林绮媛补偿式地去在乎外表。但是她很快打消了念头，本身自己也没想怎么欺负她，再说了，她以前也总是没边界地欺负自己。

他们再见时，林绮媛正在香喷喷的包厢里喝茶，尽管香味很浓郁可是一点也不让人觉得恶心。林绮媛戴着一只挑人的复古黄色小礼帽，唐珦的嘴里已经憋了一句"你会长不高的"。

"好久不见啊，你都工作啦。"唐珦尽量找出不出错的开场。

"嗯哼,我觉得其实约饭也可以,不用非要喝下午茶,我也不是每周都喝的。"林绮媛已经完全长开了,从面目就能轻易看出她有多幸福、滋润。态度温和而且看起来轻松愉悦。

"不说我了,听说你家被盗了?"

"我家只在老一辈的谈资里算流行的,怎么那么多人都知道。"都知道了怎么不来请我吃饭,唐珣腹诽。

"因为能偷什么呢。"这句话冒犯了没钱的阮听心,原本犹豫的他决定今天潇洒地不买单。唐珣看也不看林绮媛珠光宝气的手,往杯子里加糖块。

"你面前这杯茶,我最喜欢什么也不加。"林绮媛拒绝了唐珣递给自己的小勺子。

"我们也在找到底是谁,会偷什么东西。"

"还有这阵仗是不是唐家自己制造的?"

"……"我们有吗?唐珣后知后觉,因为习惯了任何事情都做逃避状,她才明白这件事情可能确实算个事儿,而且以自己的决定为重。

"你觉得为什么?"阮听心早就觉得林绮媛来这里就为了这件事。

"我觉得不重要,过分谈论不是淑女该做的。但是我确实有事情告诉你们。"

包厢的帘子被掀开，进来一个看起来很严肃的小哥哥，他穿得很精神，看起来和林绮嫒一样已经参与工作了。

"这位是穆尔，他是我们省警务系统的优秀干将，而且很年轻的。"

"我毕业早，没有继续读研。"穆尔微笑一下，一开口就发现没有那么高冷。

"唐小姐？"穆尔询问，唐珣点点头。

"林绮嫒是我朋友的朋友，我仔细地想了一下，方便说吗？"唐珣点了点头，但凡林绮嫒挑的地方应该能够保证隐私，而且穆尔看起来很专业。

"唐家其实最早在红门里做得好的是两样东西，一种是叫做红榍的淘汰工艺品，还有一种是豆腐。"谢谢你，穆尔。唐珣假装不在意地喝茶。

"红榍的淘汰是因为它虽然堪称工艺品类别里最美艳的一类，可是新时代绝不允许这种含成瘾性成分的产品产出。"唐珣隐隐约约想起来了，难怪自己家里从前动不动就被警务和缉毒犬搜一遍，久而久之比祖上穷很多了。红榍没有那么危险，只是提取物或者磨成粉确实有成瘾性，会损伤神经，严重时会致幻，都是老生常谈没什么新鲜。不过唐珣祖上让每位工人的

6 美貌的苦处

工龄都控制在几年之内，不会有大问题的，早年的人性化和高道德可是红门首屈一指的重要原因。

"至于豆腐，是因为唐家出过不止一位武将，为了求稳，细致，不少能人想出了关于蹲脑、上脑时拉筋练气功内功的办法。那时候唐家的豆腐都是刀尖上取下来的。据我所知，现在只有你姑姑还有练习古剑的爱好。"

"这是八卦吧。"看着林绮媛皱眉，唐珣想如果不是八卦，你应该会挨揍。

"这些都是后话。没有了红榫的工艺，唐家依然受到红门的器重，应该是有别的本事。"

唐珣有些累了，没有多说话，其实应该问问为什么要思考这些。阮听心注意到她的眼睛无神，就提出带她走。

"你倒是仔细告诉我，什么是长得好看的苦？"唐珣最烦这种累又睡不着的时候，她很喜欢听阮听心的声音，熬着身体都不难受了。加上他的脸有一种末日滤镜下的美感，听他温温柔柔但又没那么沉的声音特别有真实的安全感。阮听心从来不会刻意营造什么情绪去哄任何一个人。这种不太要求情绪回应的相处唐珣最爱了。

"就是，因为美貌这样的资源不是平等分布的，对于看见一个人就想他多好看,我要对他好,这种好也毫无意义。遇上有的时候有人非要觉得这种沉迷是源于自己的爱,更是可怕,需要躲着走。更多的情况下,普通人生出的普通情绪,是觉得我拿走了额外的东西,或者我拿走了他们的东西。女孩子好看遇见的麻烦会更恶心,因为女孩子爱干净,最烦脏事,又弱小一些。这可能就是红颜薄命的逻辑吧。"

气氛开始忧郁,唐珣从他的话头里读出了阮宝玉的感觉。阮听心和阮寸心他们无论和自己的关系多么亲近,依然是完全隔绝的男生,他们有很多自己完全不清楚不懂的事情,这种时候唐珣就格外想唐冉。不应该继续故意不开心。

"我觉得林绮媛还是不喜欢我。"

"无所谓了,你反正也不是真的在乎别人喜不喜欢你。"这也是实话,连她现在这么说也仅仅是因为岔开话题。

"你为什么上这么多班呀?"

"因为我穷。"

"可是你们阮家不是很有钱吗?"

"我早就被赶出去了。"

"那为什么不卖东西呀。"

"卖了很多了。"

阮听心愣了愣,"你怎么不问我为什么被赶出去。"

6 美貌的苦处

"我有亲近恐惧症,别人问我亲近的事情和我问别人亲近的事情都会让我觉得讨厌又担忧。"

"这不算亲近的事情,"阮听心笑起来让唐珣心都化了,像一朵褐色的小烟花,"我们这一支不停地犯错,然后就被赶出来了。"

"犯什么错呀?长得好看吗?"

"嗯。"

唐珣了然地点点头,她也不是开玩笑问的。不知道是不是什么情感纠葛呢。

她暗自思忖,阮家遵循传统,很是瞧不上一些新思想、洋文化,能让他们做出被赶出家门的事情一定是到了迫不得已的程度,也就是说,阮听心的存在让阮家的某一支变得不合理了,所以舍弃他。

"不要让这些事情影响自己,每次有人说唐家没落,我就想,曾经在唐家的我们过得多开心啊,那个时候世界、国家、社会、文明、外貌、性格、生活的里程,都不存在。"嘴上说不念旧,可是逃来逃去也没有一个地方像"从前"那么轻松。

"不就这样,钱,都是这样一家没落一家好得来的。"

"不是你想的什么我是私生子。"唐珣看着阮听心想,他应该很烦恼吧,因为这个世界上有很多人对他产生了虚假的喜欢和他完全不需要的心疼。有什么可心疼的，他好歹有生命和貌美，哪那么多疼压在心口啊。她就一点也不会心疼他，但也不会觉得他貌美占便宜了，赶走就赶走吧，如果没有觉得自己可怜，就正正常常过下去。

"唐珦，唐家与其说是没落，不如说是拥有真正的幸福。你看你，从来不愿意多去想家里的事情，有点精力都去想自己了。这么奢侈的活法，甚至超过了阮寸心。不管你觉得他多普通，他对于红门的事情，比你上心许多。"

"可我是真的在按照家里的意思快乐生活啊。"

"有些东西粘在你身上，一出生就决定了，你躲得远远的，是一种不成熟。"阮听心苦口婆心。他伸手拿出眼镜戴上，唐珦吓了一跳，他不戴眼镜开了那么久的车，多可怕啊。"我去上班了，你自己想想。"

被扔在路边的唐珦想，帅哥我们这么熟吗？你都把我扔在路边了。

7 唐钰的唐

红门里另一个非常讨厌自己身份的唐姓女孩，就是唐钰。唐珦和她互相这么想。但是唐钰很羡慕唐珦，唐珦从来不羡慕唐钰。

唐钰看着自己的桌子，它现在装模作样得狠，明明曾是那么一文不值的一张桌子，又是陪伴自己唯一的事物，明明又没有任何人陪伴过自己，那张桌子在她眼里也只有忍也忍不下，清醒地厌恶。

唐钰小时候只是脸色不好，黄得不那么明显，几只彩色的小夹子一绑，她比起巷子里其他女孩看着还要精致。唐钰聪明，从来自己的作业，都被贴在每所学校的公告去展示，不仅答得极好，降维打击，字也工整，卷面干净，不像那个年纪的孩子可以做到的。

那张桌子前早就没有一个一个硬邦邦地写下的字符，也没有后来学业深入时赢下的一张一张奖状，甚至这张桌子前没有一刻女性的柔和，烂漫。她坐在这张桌子上想，我是一个，女孩。女孩？她问。这种思考没有持续很久就会被电话或者电视拉扯开，要么她妈妈又人笑魂不笑地要发脾气了，要么她家阿姨又和唐珣家阿姨碎嘴，笑开了。

唐珣，她嘴角笑开，她比唐珣更早看出来她先天性的情绪病，外国医生只是安了个标签罢了，某某某某症。唐珣的快乐，在她的生活环境里就像周围人的草纸，一有人看见就拿去擦屁股。她的好心情只要一被嗅到，就会被人拉去鞭两鞭，然后放回来快快不乐的她，这么多年周而复始了不知道多少次，像一种命运，可是她居然还是努力地追求快乐，哪怕去逃出这个环境。所以啊，她惹人羡慕，她的追求早晚惹全人类羡慕。快乐，就是世界上最后最珍贵的资源。

唐珣就喜欢跟着唐冉。她们的确是最像的。唐冉也是一个自知不快乐，然后努力让自己快乐的人。唐冉的失踪她一点也不好奇，当年那位蒋曼声不见了，离开了，唐冉在不在红门就都不重要了。她没有想到唐珣居然也深深地喜欢上蒋曼声。怪不得别人知道，唐冉唐珣莽得狠，一喜欢一个人，就会为他干架，行为上的。果然是武将之家。虽然是唐家女，但是祖先应该也不答应吧。唐珣就喜欢过那么两件事，姑姑和小姑父，都没了，虽说那个时候她太小了，喜欢一个人就像一件事情一样，但是一个追求快乐的人对于精神上情绪上的剥夺总是很难承受的。

　　唐钰的妈妈失业了以后就非常羡慕唐珣的妈妈。紧接着，神奇的是，唐钰家的阿姨也羡慕起了唐珣家的阿姨。不要说承认，除了唐钰，甚至没有人知道这一点，唐珣一家也不知道自己被人羡慕。相反地，他们一家很喜欢努力自证自己的优秀。

　　唐钰在这张桌子上为自己清醒地规划着，她无声地划着痕迹想，我是一个女孩，女孩。她在学习的时候思考着自己手里的牌，一副不好说的牌。她想着想着就会被妈妈打断，拉过去聊天或者真的打牌，反正妈妈是打不好的。打不好，她也骄傲，她毕竟嫁进了红门生了唐家女。这件事情应该骄傲，可这种事情也没什么可骄傲的，就像唐珣一家没什么可自证的一样。唐钰生得面黄，五官扁平单薄，不是那种修饰修饰就时髦的底子，她就懒得去想任何和外貌有关的事情，有这时间，不如一次性整容好了。她不知道自己耐性算不算好，无数次在这张让她做自己的桌子面前被拉走，被打扰，她又平心静气地坐回来。反正，自始至终没有人在乎这张桌子和桌面的努力。

　　唐家，女。妈妈总说的就是唐家的好，唐家的辉煌，人们对于红门的尊重，甚至旧时对红门的忌惮。还好，自己的脸不算是绝对劣势，如果生在别人家，妈妈应该会拉着街坊说自己

7　唐钰的唐

的外貌愁死她了，可是生在唐家，连她自己说自己丑她也不许。这可能算是从未懂她的妈妈给过的唯一的支持了，可惜这份支持没有变成额外的自信。妈妈仍然认为唐家的脸是正确答案，好像是全人类该效仿的面相，甚至加上唐钰自幼表现出的认真勤奋，她会嫁入富饶的阮家，然后过上满足的生活。

这不是旧时的风花雪月录了，唐家后辈很难像祖宗那样，在烽烟四起的年代长出狼牙，做世人眼里的活神仙，现在还是手握资源的阮家保有些许地位，红门的大多数营生适应不了时代，还是唐珣误打误撞送出国学的那些可以结合新技术谋生。唐钰在唐家几个小辈里对阮家是吸引力最小的，妈妈早该停下这种幻想，她看着妈妈掰着手指数算阮家哪些公子是分不到什么钱的，或许不在意唐钰的外表，可以多多联络。

唐钰没有唐珣那种天生的善良和信念感，也许是她自己不知道。唐钰对祖宗生出的敬意源于，这样的家庭生出了脑袋十分好用的自己，一定是遗留的基因在挽救她的家。唐钰慢慢地数算自己能做的。她能做的很多，她在做的就是能让自己信服的小目标，考什么学校，赚什么钱，在这种能力和无所谓的坚硬心理之上没什么难事，可是也不知道什么是最后那个让自己信服的目标。

唐钰曾经听过无数自己应该会拥有很好的未来的褒奖。未来。她仔细地想着，明明都是应该让自己乖巧地走完一程又一程，而这种没有欣喜的日子让自己厌恶。

她甚至对什么都生不出比厌恶更多的情绪，比如愤怒，只是有时候会觉得烦，又懒得辩解较劲。

出于无聊，她设计，联系好了国外的医院，调整了自己的脸，然后把几份证件图片改了一下。

虽然妈妈很生气她动了金贵的面相，但是妈妈来往的街坊都在说好话。好像确实好看了几分，她甚至第一次感受到了，在公交上会有人对自己动手动脚。她好笑地想着，等这只手伸向自己，就可以联系八球，把这个人的手缝在他自己的屁股上。想到这里她忍不住挺身，使腰臀看起来更饱。

可是这只手被另一只手不动声色地打开了，咸猪手抬头看见俊朗的男人，脸上挂着势在必得的笑容，像手电下的蟑螂躲进自己的帽子里。

真是的。唐钰脾气没发出来。

"唐小姐，忙吗？"穆尔递来名片。

"你是狱警？"唐钰故意大声，看帽子里的"蟑螂"忍不住抖了一下。

"嗯哼，早就听闻唐小姐跟我们那里的犯人都是老熟人了。我来问问唐小姐方不方便去喝茶。"那都是唐琦胆小不敢

7 唐钰的唐

去做的心理学调研，强迫擅于分析的自己做了一些笔记。其实这是属于她们姐妹独有的亲密时光。

"去哪喝，你们监狱远得很。"唐钰听着轻车熟路，她确信帽子里那个，直到车到站也不会让自己见光了。

"那我们下次去，这次就在周边转转吧。"

穆尔看着唐钰，唐家女没有一丝相像，也不太能联系起来。唐珦一动不动的时候，能看得出脑袋里的想法就没有停下来过。唐钰一动不动的时候，看起来已经掌控一切了。

"我来捋一下，你希望我来策划一下，让我的罪犯朋友们把我们家也偷一遍？"

"唐小姐说笑了，我相信红门小姐不会和他们来往的。"

唐钰想了想这件事如果可行，该联系谁，怎么计划，"你们是觉得，偷唐珦家的人是在找什么东西，唐珦也不知道丢了什么。假设这个贼，不知道自己盯上的东西还不完整，或者说是还有别家也在觊觎这样东西，他就会露出马脚？"

"可是这个贼稍微动动脑子也能知道是自导自演引蛇出洞啊。"唐钰没有发现一向爱打算的自己，已经自动入股了。

"这个贼就是唐家的。你觉得谁看上唐家的东西会去偷啊？"

"很多人？"唐钰想了想，如果自己是外人，应该也敢去撬房子。

"能知道唐珣家里还有什么珍贵的东西的，一定对红门的过去有了解，有利益纠葛，那应该是知道唐家不能硬碰硬。那小毛贼撬错了门，也不值得唐珣家兴师动众，甚至唐珣自己也不会知道。"

唐钰有些惊讶，她知道红门各家身怀利器，可是唐家除了曾经出过武将，只有传说傍身喝退世人。唐家有一种半真半假的传说，从前有一支，得了西夏国主的秘密。

◆ 8

西夏国主的秘密

从前红门去考察的时候，在一片雨林里差点全军覆没，所准备的装备根本不够应对实地的毒沼和凶猛异兽，而且红门多数子弟，生长居住在山水温润的地方。眼看头昏脑涨回不了头，突然，据记"从山野间"出现了一位身着白衣赤脚而行的异域少女跑向他们，她身后跟着的不过五六岁的苏门答腊猩猩竟然有三人高，金红色的长毛，站定不动时流了一地。自看见他们，各人便不觉口干眼花周身剧痛，只感受到神清气爽，拖着伤残四体也能直立行走。那里潮得人眼都难以睁开，可那少女茂密的长发黑得发红，高贵异常，干爽柔美得披在身后。

那猩猩落定，离得近的人几乎被震得弹起来。有人想逃，却也惧得喉头发紧出不了声。阮家先祖阮舞看向那猩猩，不怕它直视自己，手上捏着残破的地图和手电，思索着急救的办法。唐家的唐月樨，一双眸子清澈动人，定定看着貌美的少女。在那少女走向他的时候，"噗通"跪在地下，眼里却星云流转，似是求饶。

8 西夏国主的秘密

"月樨——"阮舞不满,却也犹豫着是拉他还是一起跪下。

哪晓得少女会说官话,她拉着唐月樨的手起身,告诉阮舞他们出去的路,然后没有放开唐月樨。

他们出去之后,各人按规矩没有多说此行的经过,也只是说唐月樨暂时没有返还家里。阮舞闭门谢客,查了境外猩猩的资料,甚至收集传说,也没有找到少女的资料。

大约半年,唐月樨竟然一个人回家了,穿着西装礼帽,伤口也几乎愈合,比先回家的众人恢复得还好。阮舞追问,唐月樨只说那是仙女救了唐家,给了他祝福。

"可是流传到最后,红门里的版本是,那女孩是犯了大恶的仙女,来自西夏国,并不属于我国疆域。她的罪责比偷了长生不老药的嫦娥还严重,带回了一种诅咒?"穆尔说。

"你怎么会知道呢?"唐钰真的很惊讶,这些事不会有人说,他绝不可能知道。

"林绮嫒是我一个朋友的朋友。"

"啊。"唐钰喝了一口茶。唐家这个传说连她也不是百分百清楚,或者说没有人清楚。林绮嫒一定是看上他了。这种诅咒有安眠作用,只要在做梦人的前额刻上特制的符,流下鲜血，等梦中人沾上鲜血的吻叫醒做梦人，没有其他解。如果等不到结果，做梦人就会在美梦之中加速老去直至死去。

记忆逐渐清晰，蒋曼声第一回讲出这个故事时，背靠书架，手指点点桌面，满目骄傲。因为他不看也知道唐冉那双美丽的眼睛正紧盯着自己。等他们年岁被时光沾染，好像也旧得泛黄。橙色的灯光下有满桌的稿纸，有蒋曼声细细密密的字和只有出自他的手起笔落下的干净的绘图。那个时候唐冉刚刚绞了头发，细细的发尾戳在自己白皙的肩颈锁骨，一双杏眼也圆圆的，整个院子里数她最惹眼，她穿着新式的短款上衣，和蒋曼声更加像一对璧人。蒋曼声嘴里的故事总有千钧，如果是《西游记》里的妖怪，那或剐或煮都能被他讲出血腥臭味，还有天降神兵的力道，不像市井小儿简单的幻想里孙悟空只是一只泼皮小猴。

她回头就把这个故事讲给阮寸心听，阮寸心说了一句"血呼啦扎的什么东西"就走了，她又说给唐钰听，唐钰那个时候也算是脱离了小时候糊里糊涂的心性，逐渐知世事，大概能体会唐珦的心酸。

"是这样的，如果你直觉没问题，就麻烦了。"穆尔看了看手表，那是绅士的告别。

"之后你什么计划？"

8　西夏国主的秘密

"我要去找另一半故事，红门之外的另一半。"

"玩儿呢。"唐珣皱着眉看着手机里唐钰妈妈惊恐的样子，抬头无声地询问寸心和听心，怎么几天之后另一个唐家也被偷了。

"我们什么也不知道。"他们只是说要跟唐珣一起去找林绮媛。至于为什么没有人接唐珣，让她自己又是坐公交又是打车进城，没有解释。

"我很穷的。"阮听心握紧了车钥匙，"油很贵的。"

"好了好了，来听听穆探长有什么说的。"

穆尔跟阮家兄弟简单寒暄，然后打开自己的小笔记，"我找人去酒吧打听了一下。根据红门曾经比较热络的活动地点，年龄差，和现代几个小辈的住址，活动地，我选了四家比较热闹的酒吧。

"这就是你说的红门之外的另一半故事？"林绮媛很久没有见到唐钰了，看得出她变漂亮了很多，不知不觉地多往茶里加了一块糖，想着穆尔是什么时候找到她的。

穆尔可以看得出她比别的女孩子在外表上更加用心在哪里，毕竟是警务人员。旁人只觉得林绮媛年纪小，不成熟，容易在品质和生活本身下反功夫，本末倒置。

063

"我来给各位看几个新闻。"除去唐家两个小打小闹，比较不寻常的新闻是委铭国的幼儿园大规模投毒案件。

"苯基什么东西？"唐珣小声嘀咕一句，她对化学有强烈阴影。抬头问了问寸心，他也撇嘴摇摇头。

"你们知道，委铭国一向最不要脸了，一直觉得自己是高人一等的。我们能把一个这么危急的案子比较详细地登载，是不寻常的。"唐珣腹诽，那么小一个地方，别国都不兴打，越小越爱炫耀。她想起小时候看见的班里那些来交流的委铭国学生，看起来穿得规规整整，不像本国的孩子身上衣服歪七扭八，袖口裤腿都有泥和灰，他们那种看似谦和实则瞧不起人的眼神真是让十几年后的成年唐珣都厌恶得狠。当时姑姑说了，我们国的孩子是鲜活的，他们的孩子穿得毫无生气。

9
我们家的红椤

"你是说，因为早年我们跟委铭国有过战争，而他们现在这种傲娇态度一向招本国人厌恶，所以登载下来会有别的杀手去模仿？"唐钰说完，唐珦瞪大了眼睛，她想不到理智冷静的唐钰在想什么。

"这是你去酒吧打听的？江湖上别人都是那么说的？"唐珦扭过脑袋。

"什么玩意儿。酒吧里打听的结果是，当时唐家的红榉，有一部分是被偷走的。"

"就这？"这件事情也不是秘密，可是本不是偷走，是秘密地处理掉了。

"反正多数人觉得被偷的是这个，也算是整件事情有点活络了。"唐珦的惊恐劲就要上头了，什么意思，我爸我妈在我出国的时候把一大堆红榉藏在钢琴后面？为什么？灯下黑？这些八卦的人都没长脑子吗？

"那么为什么要看委铭国的案子呢？"阮听心读完新闻大

概能感受到反常，除去看热闹，这里的新闻细节远远超出了跨境新闻可以获取到的程度，更不要说是给敌国报纸。他看着眼睛快要蹦出脑壳的唐珦，将版面放在她鼻子下逼迫她快读。她的能力读这些一定更好。

"唐珦和听心，记不记得你们看见过市局抓到的那个小女孩？"唐珦想起那女孩被衣服挡住的双手，印象很深刻。

穆尔变戏法一样又拍了一个文件在桌上。"她叫盈郑，是从委铭国偷渡来境内的一个女孩。"

"哇这名字太酷了！"他们几个扑上来看，照片上的女孩总是低着头，面目没什么辨识度，但感觉瘦瘦小小的。

穆尔脑袋昏昏的，听林家长辈描绘，早年的红门英雄辈出，有超前的意识和爱国情怀，善于引进技术，惜才，努力。本来想让他们聚在一起尝试激发他们血脉里曾经的融合和力量，没想到几个人就像面粉遇水，糊里糊涂。

"这里的新闻版面和细节不应该是这样的。跨境新闻或者任何关于暴行的新闻什么时候这么细节过啊。"几人闹了一阵，毕竟都是相熟的半大成人，很容易就一人一句闹起来。

"你怎么知道的！"唐珦自然地抢过阮听心手里的零食。后者无奈地抽两张纸递给她，"是你啊，是你说过看的传媒项目的内容。"

"唔，是的。"虽然唐珣现在的科研方向是研究档案文献为主，可是她因为太喜欢蹭阮家的资源看各种艺人活动啊什么的，干脆学习了一些公关相关的内容。因为住在阮听心家，没事就爱给他讲。

"所以对过吗？这份报纸和其他区域报纸的内容都是一样的？"

"是的。这一段时间内容比较特殊一点的应该就是这一篇了，除非我们漏掉了。"

"这个孩子其实经常为我们提供各种各样的新闻细节。她像个网络间谍，可是总是被抓住。"

"被网警抓还是因为偷渡？"

"那怎么偷渡这么久还不送回去？"唐珣和阮寸心同时开口。

"都有，后来她的证件被人快速补全了，之后就是闹各种钻跨境法案空子的事情。"

"你怎么知道？"林绮媛和唐钰同时发问。

"我跟她聊过了。"穆尔得意地笑笑。

"我来理一下。因为各式各样的唐家新闻，引出的大部分猜测是唐家那批红榉的去向？"

9　我们家的红榍

"那跟这个女孩到底有什么关系?"

"这个女孩说,委铭国幼儿园投毒案的成分,来自红榍。"

愣住了,所有人都愣住了。唐钰想,那么偷窃案是唐家做的没跑的,应该是得到消息以后提前撇清关系,把红榍的去向抖落到红门之外。

"绝不可能!红榍虽然慢慢处理掉了,但是绝不会落到委铭国那里。"唐珣的性子急起来一向收不住,眼里已然有一团火。

众人不敢接话,只是看看穆尔和唐钰。唐钰摇摇头,觉得这事不好说。

"这件事也是我听说的,最开始,委铭国想要以低价向我们买红榍,可是那价格也引起了当朝部分人的注意。是唐家先祖最早发现了红榍材质的特殊之处,出于对当朝的不完全信任,那位先祖并没有将所有事情说出去,只是说了自己能把这种看似毫无用处的材质,做成价值很高的艺术品。先祖拉拢门客赞同自己,这件事就不了了之。无心栽柳,红榍也让唐家远近闻名了一段时间。"

然后,委铭国的知情人就悉数死去。

"或许,是以艺术品的形式?最后一批,一两件被委铭国富商收走了？"

　　唐钰不理他们，想，唐珣家放新闻，委铭国放幼儿园案件，都是有心的，想打架吗？

　　新时代之前唐家就明确自己手上除登记的几件之外，绝对没有藏红桦。几番检查之后确实没有证据证明谁私藏了，加上唐家几位的收入都是透明的，消费水平也没有超出任何人预期。唐珣害怕地靠近唐钰，如果这件事情是按他们想象的方向发展的，那么委铭国再有什么动作，唐家难逃质疑。

　　唐珣靠上来的时候，唐钰不会拒绝她。她们从小并不亲密，可是也没什么不喜欢对方的地方。也仅仅是这样，唐珣时常想，她们之间的关系几乎算是对彼此很凉薄，如果先祖看见的话。现代社会，她关注的是自己在留学的时候结交的好朋友，她也会想，唐钰并没有和自己经历过什么。唐钰也会想，自己没那么关心她也是因为她们不是亲姐妹，没有在同一屋檐生活，更何况唐珣是这一辈最娇的女儿，已经比自己幸运很多了，她不够成熟，没办法和她聊很多。

　　唐钰拍拍她，知道自己说什么也没有用，以唐珣的焦虑程度和情绪状态的前科，她没有马上预约心理医生已经是很冷静了。

"其实我知道你在国外出事的时候,除了担心,我在想你害怕的时候在想什么。"唐钰以一种亲密的力道抓住唐珣。

"其实人害怕的时候就是害怕,然后拼命抓住一些没必要害怕的证据。"

"你的害怕是合理的啊。身在红门唐家,就该知道如果没有祖宗的本事,就会承下祖宗留下的孽债。"

"你为什么说祖宗有孽债?"

"我是猜的。一般来说,需要靠传说来圆一些事情,说明过去有很多秘密。秘密也不都是浪漫的。"

唐珣走了几步,才想起她说的传说大概是指什么。

"咱们俩也去喝一杯吧。"

在柚子酒吧里,唐珣一顿一顿的脑袋里画面清晰浓郁得让她害怕,回不了头的害怕,而曾经保护她的力量那么明亮,那么好得让她不能自已。或许,那些依赖的感情能刺激出她畏缩的性格里殊死一搏的浪漫,可是最重要的是,她早早明白蒋曼声和唐冉是真正的接班人,是真正该让所有人学习的把什么责任都扛在肩上的不放弃、不停止努力的英雄。她害怕很多事情,或许就像唐钰说的那样,她见过红门的事,知道那些早晚会追上自己。他们一脉的命,其实是一条命。唐冉那份干净在她心里最软最深的地方，而"戚婵"在龙蛇混杂的娱乐圈，过得怎么样她不敢想，她听见那些关于她的污言秽语一刻也受不了。这是害怕。她只想自己的情绪是合理的，脑袋是清明的，生活是干干净净的，哪怕意味着没有人可以靠近自己。她同时无法想象着唐冉和蒋曼声受过的遭遇。唐家曾经一步一步排除万难，攻于心计，累累成绩，眼看没有人守得住，也是她的害怕。她更知道祖先的温柔和包容，可是她不想知道自己有一天如果在另一个世界看见他们，是不是也会像自己跟阮听心说的那样，不过是一家好一家没落，没了就没了，那么淡定地面对他们。虽然王侯将相宁有种乎，那毕竟是自己的命打下的美好，那么所有的"失"也在自己身上。唐冉去了哪里，做了什么？蒋曼声呢，如果自己的一生遇不见那样的爱了，蒋曼声人到底去了哪里，是不是也在娱乐圈某个角落陪着唐冉做什么重要的事情？唐家还在继续帮助他们吗？红门还会继续保护唐家吗？这世界上又有什么是绝对的保护呢？

唐珣想起先前回忆里娇得像人偶一样的姑姑，和自己满头泛黄稀疏又洗不干净的头发，记忆里的蒋曼声每次的举动也都干净又温柔地敲在自己心上。他看见唐珣的眼睛盯着自己手边一侧跟工程无关的书，就拿起来，从中取下一本他手写的，薄薄的笔记，那本笔记总是出现在唐珣的梦里。他告诉唐珣，那本书来自一位温柔的新城作者，姓吴，他是一位艺术家和歌手，写和自己的挚友科学家曾经一起学习、一起经历有趣的生活、一起接受绝症治疗的故事。

她问，好看吗？

"很好看。中途有一节，是讲这位作者在新城寻得了我们国家的医疗古籍，然后因为一个方子暂时治好了他那位朋友。之后因为机缘，他亲眼见到了那个方子里提到了一种叫作叡寇的巨兽，这种巨兽的牙十分名贵，他说看见叡寇那么大一只，食草，又救了朋友性命，不觉亲切起来。"

在蒋曼声如歌的讲述里，唐珣能看见那位艺术家透过文字一点点吐露深情，难掩思念。可是又羡慕起他拥有那么多有血有肉的鲜活回忆，就像以一种方式拥有了挚爱的生命。

"黯然销魂者，唯别而已矣。"蒋曼声听起来没什么心酸，面上也带笑。他和他的爱近水楼台，每天有好多话可以说，当然体会不到心上人永远不在眼前的苦。蒋曼声的鼻子和嘴唇做任何表情都充满魅力，腿长得每条裤子都要定做，手也好看，字也好看，声音也好听，每句话被他说了都惹得她发笑。

黯然销魂者。后来在唐珣的梦里蒋曼声没怎么出现过。日有所思，夜也梦不到。唯别而已矣。

"我就问一句,红门还是要跟委铭国斗吗?"

"其实没关系,不要紧的不要紧的。"唐珣捂着自己的耳朵。

"有关系。"唐钰拿下她耳朵上的手。"总有一天红门没有你的家长,甚至没有唐家的朋友,出了事只会压在唐家人的身上,而你不再去征求阮听心的意见、阮寸心的帮助,也没有长辈去挡在前面,只剩下我们了,那我们能撑多久?你真的想一了百了躲在国外?我明白你身体不好是真的,可是你现在也恢复了不是吗?唐珣,你难道没有嫉妒过祖先过的什么日子吗?"

"祖先,伴君如伴虎的日子?"

"那是很有趣、很有意义、创造价值和不同的啊。红门留下美名,哪一件是被迫做什么事了?就算是被迫入局,那他们所做的一切,不就是为了不让别族踩在我们头上撒欢吗?"

唐钰的话让唐珣厌烦,这些话她也总是告诉自己,可是又觉得守身即尽孝,照顾好自己同样重要。

不仅前路可怕,血热心凉。她在乎的人们正在做什么,她一无所知,正确的做法是什么,谁也不告诉她。

"先别想那么远。现在只是因为幼儿园的事,有可能会有后续罢了,毕竟现在和以前很不一样,要想较劲,不会那么直接的。"

"怎么能不想,我有各种情绪上的病症,想得多是我该做的。"唐珣赌气地喝一大口,揍了自己的肝脏两下。

"换个话题吧。所以蒋曼声自从离开以后再也没有回来过?"

"他的世界已经很大了,早就不拘泥于红门,干吗受气呢。"唐珣回忆着最后,姑姑和蒋曼声跟家里已经闹得很凶了,他们也没有告别。其实也没有人解释蒋曼声和姑姑到底做了什么被赶走,或是自己走了。但是应该不是因为什么男男女女的事,要真是因为那种事,反而容易传开呢。

"要是能再见,我想问问蒋曼声我有没有读懂那本书。那本书上,作者花了大量的篇幅告诉听故事的人,他挚友的病状,自己怎么样陪她散心,怎么样抓住她的症状轻的时候陪着种树,吃螃蟹。你说一个病人吃那么多海鲜,当然死得快了。"唐珣笑起来,好像觉得很有意思,"我十几岁的时候,最希望唐家的诅咒是真的存在的,要我说,它才是世人应该追捧的东西。"

唐钰彻底懂了,唐珣的小脑袋里完美的世界,最好的结局,莫过于唐家的那个诅咒。符咒入脑,佳人入梦,悲欣交集,了此残生。

10 只敢救他

"真是到死也不亏。"唐钰气得不行,但是也知道唐珦毫无过错,只是没有唐珦,难道让自己力挽狂澜,直到撑不住了被委铭国玩死,在他们犯我国土、麻痹我后人的时候拉上了不起的唐家做那些卑鄙小人的投名状吗?

"唐珦,我觉得你病好了要好好地把重心放回来。你一定要清楚,委铭国对我们做的这些事情都是真的,不是你躲在新城上学的时候读到的新闻了。你说说你在国外,享受帅哥陪你聊天,吃各种极其鲜美的食材,美食美色都享受够了,你也得做点别的事情吧妙龄少女?"

唐珦觉得喝开心了,不爱听她说那些,想打开手机问问阮听心在干吗。

"喂?帅哥!这里有酒你来不来。"

阮听心被堵在包厢里,显然有点喝不下去了。他是被便利店的一个小弟骗过去的。有时候打架摆谱这种事情只有阮寸心做了有用，阮听心得到的从来只是被同龄人奚落回不了家，被女人调戏或者要包养，再然后被人骗了想占阮家的便宜。明明自己是阮家的……"丧门星""拖油瓶"……好家伙，居然没有一个骂名留给自己。

"不行，不可以。"唐珦醉醺醺软糯糯的声音从听筒里传出来的时候自己电话被抢走了，一左一右两个人摁住自己，"好言相劝"，阮听心直想死。

"小妹妹啊，你家帅哥哥喝得正高兴呢。"唐钰听着不对劲，马上开始联系阮寸心。

"不然你带上你的酒，我们一起喝？"乌烟瘴气从电话里也听得清。唐珦在新城也是热衷在酒吧打人的种，醉蒙了也知道电话里怎么回事。

"欸！孙子怎么说话呢？老子要喝的人你也敢抢，半小时我见不到人跟你喝的就是——"唐钰想捂她的嘴，谁知道喝醉了的唐珦就像生出第二人格了，比待宰的羊羔还能挣扎。眼看周围人已经有些侧目了，唐钰只能死死压着她保证她们背对着别的客人。

那边电话里乌泱泱都是不堪入耳的话。唐珦一喝上头最忌讳有人破坏她的兴致，"阮听心给老子坐稳了！今儿就不受你个裹小脑的罪"。

不出意外的话，要出意外了。阮听心绝望地闭上眼睛。小祖宗骂了半天人也不报名号，这下子她得罪的人不还是来要自己的命。

好在，门"嘭"地打开了。唐珣骂得确有其事，那帮扣着阮听心的人里有一半已经觉得玩过火要挨打了，加上江湖上传言想包养阮小少爷的人还是很疯的，死道友不死贫道，有两个已经打算投降了。

为首的人被叫出去骂骂咧咧了几句，一时半会没打算回包厢，阮听心被风一吹，缓回来一点，捏着外套用力起身，就攥紧拳头往外走。没有人真的拦他，看来阮寸心违背家里的意思救他来了。

"呜——"这种风声在他起身的那一刻将他拽进另一个时空。他的一半脑袋还停留在被包养的侮辱里。只有他知道，那些谩骂里有数不清的嫉妒，但是不会有一个男人承认。而耳边这种如鬼语泣诉的风声常在小时候折磨着他。阮听心小时候就很招女孩子喜欢，林绮媛就格外喜欢他，娇惯他，但是后来她的性格变化极大，看来跟唐珣脱不了干系。那个时候他每次洗澡，或者一个人待着，就会有这样的风声响起来，真的很像一种对话。山水温润的地方是没有这种风的，当然也很少有自己这样的立体长相。

伴随着风的还会有雾。想到这里，阮听心惧怕的心惊又要追上自己了。那个时候他会大声地喊爸爸妈妈，喊得据他们所说，像是发现尸体一样。悲伤和惊心还没出现呢，阮听心看见眼前的白雾似是飘不出双眼，而这不是回忆，是正在发生的景象。

白雾浓烈又变灰，散开，眼前是座座冰山，是他完全陌生的冰雪世界。阮听心四肢僵住，看着面前的漩涡像是长出了意志，立定在面前似是一双脚，一双腿，慢慢变成一种动物，一种鬼影。

阮寸心拉着阮听心走进已经热起来的酒吧的时候，唐珣已经换了一身非常紧的橘咖色露背上衣，站在穿着白色西装的唐钰身边，真有把自己捞出地狱的霸气。唐珣勾了很深的脏红色眼尾和亮得离谱的唇峰，像欢迎他回家一样站起身。阮听心好像突然感受到了自己在包厢里其实是害怕的。不着急的背景音乐带着强势的节奏促使她走向自己，坚定地搂住脖子。

"没事吧。"原来她画了眉毛这么帅。

"没事。"阮听心放松地搂住自己的小室友，突然觉得这是这么多年来第一个有意义的拥抱。唐珣很会跳舞，随着音乐抱着自己感染着情绪的每一个触角。他知道唐珣对于害怕这种情绪一向敏感，所以她很担心自己。

想报答她还是很容易的，顶着自己的皮囊陪她好好玩，让别的小姑娘羡慕她就好了。

唐珦想他是该报答自己，她都准备好拿把大剪子去救他了，反正唐家已经摊上事了，而自己也有情绪病史，对行为的抑制没那么在意。反正自己朋友不多的。反正自己还没动手阮寸心就会来救他们的。

"你们本来在聊什么呢？"唐钰和阮寸心碰杯喝了一个，虽然才见过，可是并没有又见面的腻烦，只觉得亲近。

"我在劝她。"

"你知道吗？她这么多年总觉得自己是很幸运的。而且她比谁都清楚自己一定不会跑，她只是因为知道这份责任有多难，所以感到害怕。而且她总是觉得自己孤立无援，哪怕每一次都有人陪着她。"

"这是唐家人的通病。"阮寸心听的多是阮家的守护故事，所以特别熟悉唐家骨子里那种觉得自己只有自己的心态。

"不是，就是——不能靠着别人啊。"

"唐家做的事情，从来不是唐家的责任。"生在本国本族，就是命定了，缘分落地了，那就是自然生长的责任，是生

10　只敢救他

命的一部分。

"你们的祖先做的都是很了不起的事情,包括唐家小辈啊。"

能从阮寸心嘴里听见对于唐珣的赞美,唐钰感到意外。不过说到底他们都是一起长大的,这也是生命的一部分。

"我总感觉,我们的任务是让唐珣勇敢地开始做该做的事情。"唐钰看着开玩笑地跳着男生舞步的唐珣,她拽着阮听心,看似是舞池里最幸运的女孩,牵住那么好看的少年。只有懂她的人知道,她紧紧牵住阮听心,不过是依赖这世界上对她为数不多的信任,而只有这样,她才是勇敢的自己。

"别想了,至少从幼儿园的案子开始,我们都在一起。"

11 密室约见

曲老板手上熟练地清理着鱼，实际上正在观测着前方雪地上升腾起的奇妙的景象，好像有两只脚凭空出现拔地而起。她知道乔斗斗躲在一个地方安安静静地作画。屋内像是一只具象放大的幸福姜饼屋，陈设以红色为主，不知道她家是不是日呢威特最亮的地方。

"很奇妙对不对。只要我在日呢威特，就像进入了世界的一种秩序漏洞。"曲老板曾经是一个世俗意义上不好相处、别人也不知道该如何对待她的女人。她现在的收入来源依然是记录日呢威特的生活，还有一些难测的数据记录。她的精神上依赖着从前的世界，阅读着从前的语言的评论，针对她分享的生活，新生活，针对着她的数据。好像是用一种足够遥远的距离去够这个她热爱的群体。她不想听很多东西，她一会认为自己是从前世界的受害者，一会认为自己其实得到了它超乎寻常的恩赐和耐心，只是自己实在是伤痕累累，只能在很安静的地方躲起来。矛盾之处在于，习惯了日呢威特的冰冷和少有人语，

11 密室约见

她第一件事就是注册了账号去怀念旧世界的噪音。

乔斗斗也透过拔地而起的雪足鬼影正在想曲教授。她一点不急着曲教授跟她交心说什么，她乔斗斗是这个世界最无牵挂的管理者，记录着随时会出现的其他生命迹象，会看看路过这里的人，怎样酝酿着情绪。即使是落满了雪的火山爆发也惹不起什么关注了。曲教授就是那种人，自作聪明地以为这些那些的，躲在极地极夜就不会被人听见，甚至自己也听不见，只要她有足够的钱，就可以一直把这里的家布置成理想的样子，生活也是，仿佛偷来了应该被唾弃的几十年时光。乔斗斗觉得作为管理者，她肯定也不认为这里来了一个毫无道德的人很好，可是如果曲教授足够强大，她或许真的可以躲开所有的声音，成功地偷来这些时间。可能旧世界的人真的很想逃跑吧，管理者对旧世界的监控常常烦恼到需要跑到极夜的中心去散步，直到皮快掉下来。

几天之后五人到齐，这次被约在一家密室周围。

"我们要来玩密室吗？"林绮媛担忧地摸了摸自己的裙摆。

"是这样的，我们要发散一下思路，结合自己上次的任务领回来的结果，代入一下如果幼儿园的案子和红门相互针对，你们会怎么操作？"

穆尔的问题让人不寒而栗，他们在思考怎么给幼儿园里那么可爱的小朋友们……

"我抗议，我不参与。"

唐珦的放弃似乎鼓舞了他们，大家也纷纷看向穆尔。

"这样，你们就假装自己是旧时代的杀手，完成一个密室任务可不可以？"

"可是幼儿园不是密室啊。"

林绮媛受不了他们的磨蹭，自己率先拿上穆尔准备的小任务卡进入了入口。这间密室就和为娱乐而设的剧本密室差不多大，但是陈设看起来只是潦草地被打扫了一下，说明人流量还是很小的。林绮媛吹了吹任务卡捂住了口鼻，认真思考起来。

"幼儿园孩子的作息表在这里。"唐珦看见林绮媛洁癖的做派，赶紧跟上去。她们俩找到的房间很温馨，有很多小假发，厨师帽，安全剪刀，粘了魔术贴的水果。看来是小朋友们的活动室。

"证据栏里有，生活老师可以每天接触到小朋友们的东西消毒……但是所有零件没有药物反应。"

"这种药物是必须服用进体内才会有用吗？"

"不一定，小朋友的机能不比成年人。成年人靠吸入得需要数年的时间才会有神经损害，但是小朋友仅靠吸入也会有害的。"

"唔。"林绮嫒挠头，"也就是说，小朋友们需要每天都被……投喂？"

"差不多是这样，我觉得是内部行为。"

"每个班有 20 个小朋友，那所有的小朋友加起来有几百个，好几所幼儿园那是多少人？"

"同时这里的幼儿园有的是托管式的，食材是准备得很粗糙的预制菜，只管饱，管小朋友们不出事。而有的是高级幼儿园，比如说反响很大的淮京幼儿园，里面多是条件很好的小朋友，小朋友人数少了很多，每日活动也设计得很复杂。也就是说，这个幕后操作者，明明有途径对小朋友们做更恶劣的事情，却没有动手，旨在渲染气氛？"

"这种案件为了防止模仿案，应该会压得一篇报告不剩吧。"

"你觉得一篇报告不剩的地方，哪里会传播得比较多？"

"热门内容的评论区？"

"……"

阮听心和阮寸心出于体贴，走向了最深处的阴暗房间，打开手电筒四处看。

"你知道刚刚唐钰跟我说什么？"

"说什么？"

"她说，小心不要被关起来。"

"你们俩很熟吗，她这么关心你。"阮听心嘴角含笑。

"我跟她说，放心吧，阮听心不想跟我被关一起。"后者假装听不见他的玩笑。

"唉，据我兄弟所说，唐珦近几年在国外最亲近的异性，就是那个小明星了。"

"少爷，你看我有空认明星吗？"阮听心想现在明星多得一个机场明星比素人还多，那他们还需要什么保镖。

"那个小明星，叫贝茗淑。"

"这名字也太优雅了。"阮听心看见他打开这个小明星的照片，忍不住凑过去，可惜半天加载不出来。

"不会真的跟唐钰说的一样，穆尔想把我们关起来吧。"

"要不是你妹喜欢他掺和咱们的事情，我也不想他多了解我们的事情。"林绮媛的小心思路人皆知。

"我觉得他挺喜欢唐钰的。"阮听心说完，想起来唐珦说过，其实男人更八卦，忍不住笑意。

"不过，其实最根本的原因是穆尔曾经是一位英雄的后人，他的父亲以前是林氏医院的院长司机。院长被下面人逼退的时候，救过他。然后……"

阮听心头脑发麻，这些事情他们其实都有印象，但是谁也不愿意想起。阮听心被赶出家门以前是标准的庭院式贵族家庭，连谈论什么内容也受制约。曾经他们的学校里总会有一两个愿意大肆炫耀自己的条件的学生，他们的话历历在目，林绮媛家里尤其喜欢板着腔调，明里教育后人，实则炫耀成绩。

"然后呢。"阮听心咽下去恶心，想着他们已经长大了，不要太计较小时候听过的事情。

"然后，不好说啊，万一这个穆尔这么热衷红门的潜在矛盾，是有别的原因呢？"

"你说得对。"

"啊？"

"你说得对，我的确不想跟你关在一起。"阮听心抵住门，阮寸心表情瞬间冷下来。

"门有问题？"他把手电打开想要对准门锁。

"你先告诉我，为什么突然开始插手我现在的工作。"阮听心死死挡住门锁和门缝，居高临下像一堵墙。

"我觉得你也没那么恨阮家，就插手了。我不插手，总不能真让你为了生活去挨打受苦吧。"

阮听心听完挑眉,看着自己的这个兄弟,明明处处有家里的保护和偏爱,可能力上比自己还要强上几分。

◆ 12

阮听心的阮

阮家是比较擅于忍耐的一群人，有点子虚伪，不喜欢得罪人，但是偶尔露出的憨厚也会俘虏很多人。

阮听心离家的时候，用万念俱灰形容那种心情也没错。他好像一点力气都没有，也休息不好，最大的安慰就是阮寸心坚定地、控制不住地联系着自己。好歹生活里还有一丝生机。谁让他们的名字这么像。

阮家迎母亲进门的时候就充满了矛盾，母亲身上背着各种各样的传闻，在一个没什么大动静的安逸小镇上，每户都克己复礼，过着没什么滋味的平淡日子。哪知道错位出了这样一味美人，不仅模样嫩得像一颗梨，浸润得人心湿漉漉甜滋滋，性格也像杯杯碗茶里混入一小盏花酒，香得缠人。听说早年就惹了已婚的先生，偷抢了他的聘礼。被发现后，小镇的温柔平静容不下她，为了给爹娘一条安生路，她不得不踌躇决定她未来的去向。

她能去哪呢，想了想，与其吃尽苦头再落烟花柳巷，不如先一步去那个时候租界外国人常去谈事的会所，说自己嗓子不错，可以唱歌，争取一直卖艺。

她太不一样了，听心的父亲决定了自己的心意以后就送去了一大束花。

这一惹眼的举动原本是该把她送上难挨的位置，毕竟是一个新人，也是歌手。可是阮听心的父亲善于交际，有阮家一向擅经商的背景，而且在租界任职，算是双重背景，还是很有说服力的，至少这下洋人知道了这位年轻美丽的歌手不便多打扰。

之后的礼物，比如新鲜的少见的水果，舶来货的洋装和特别舒适的睡衣床品，让她的生活规格不比这里的正经女儿差。很传统的浪漫，租界没有了历史上硝烟四起的血腥味，只有浪漫格调，让他们的故事意外生存。

有好事人追问阮先生，又不是没见过美人，或是名媛闺秀，为什么这么喜欢她。阮先生露出阮氏一贯的憨厚，说她唱歌真的很好听。还说自己不过是普通相貌，如果她愿意嫁给自己，夫复何求。众人一听年轻有为的阮先生如此谦卑，又懂得尊重和护短，无不羡慕那位小歌女。

而那小歌女像是真把会所当她的闺阁，不论台下声色犬马还是暗地兵刃相向，她就唱完歌躲在自己的房间，等她害羞的良人送上礼物,也不约会,连饭也不吃。在她"出阁"以前,甚至两人都看不清彼此长相。

他们非要清风拂山岗般拉扯,有些旁若无人。直到阮家终于退了一步,觉得这个女孩好歹尚未经历染缸就已经被自家子弟看上了,那也不算太有辱门风。这也是自我安慰,只是阮家从前也没有对别的女子如此上心,他这么一"闹",寻常千金是不愿意步一个风尘女子之后跟他有什么瓜葛了。

本就是令家人颇有微词的一段佳话,哪里知道因为吃租界的粮,洋人竟然查到了她曾经的那位相好竟然属于一队极端分子,面上是温情脉脉的好好先生,私底下竟然一直在策划的租界闹事,反动的小册子绘了一本又一本。

阮听心生得这样好看,跟亲爹不沾一点边,好看得外人都不好意思奉承。一句说错就是含沙射影。哪怕他自己确信自己姓阮,那点点自责、自卑,早就把他压抑成了一个特别乖的孩子。

母亲那位相好,说他反动也是无奈。租界的各色人物也不会那么直接地想要赶走洋人。不打仗了,那里的分毫好处却也是动了多少心思心血从洋人手里夺下的。就算大多数人不满从前让出的国土,也不能有心反动就煽动民心吧,如果落洋人口舌,只会让租界的行动更加困难,而民众也会更委屈,没什么大好处。

  暗地里有关母亲的传闻也汹涌起来,父亲想了办法当机立断堵了洋政府的嘴巴。具体是什么办法,只知道前两年母亲发现了监狱里的那位先生,那一瞬间她首先感受到的是自己多年来自以为的公平全是泡影和幻觉。

  一切都停止在那时候,连阮听心自己也忘了自己在爱里长大的事实。

  阮听心走的时候想了很多,每次都最后才想到自己。

13 八仲府邸

"幼儿园"密室里静得很,每个开口的人都以为别人在偷听自己。

"所以你到底想要我们知道什么?"唐钰的语气听起来就是直白的,"谁让你来找红门后辈的。"

"我觉得你们中间已经有人查到了我的家人当年也因为这中间的弯弯绕绕丢了性命。"穆尔太年轻了,有什么样的计划都不可能是他自己设计的。

"我的确和林绮媛算不错的朋友,如果林小姐不介意我这么说。但是相信我,我跟那个盈郑的女孩不是第一次聊了。你根本不知道她在委铭国经历了多少可怕的事情。"穆尔真诚得仿佛被枪抵了脑袋。

"如果我们再不行动,真的就来不及很多事情了,你想想你们的经历,是不是人人都有许多可惜的经历?"穆尔盯着唐钰的表情,似是观察对方到底有没有什么秘密或是异常的情绪。

13 八仲府邸

"你们很明确这些和红门的事情有关?"

"不然根本不会联系上你们。"

唐钰只是看着他思考,为了防止穆尔把他们关在这里,她早早给八球发了信息,让他带人跟着。

焦灼的氛围之下,他们也调查回来了。

"你们怎么样?"

阮寸心拽了一下衣襟,仔细想了想,还是一拳招呼到穆尔耳边,被飞快地躲过。

"门上装的库尔特锁总归不是幼儿园里用的吧。"

林绮媛有些不忍地抱紧双手,就听唐珦慵懒地开口,"我发现了,幼儿园应该有接应方,但是对方应该不是太过强势,通过幼儿园宣示自己的力量。应该是硬件问题让他只是下了这种特殊的药物。要么这些人想跨境阴阳唐家,要么只是他没有能力拿到更合适的药物。"

"你现在还是尽快把知道的说出来。为什么要把我们关在这里。"

"附近还有别人吗?"

"身上有什么联系上家的工具赶紧拿出来。"穆尔被围住,听他们一人一句。

"太好了,你们还不至于太废。"

穆尔拉开椅子坐下来，等自己的手机亮起来。

委铭国式京市，八仲府邸院落的叶色红得像疯了一样。主人的袍子很长，却还是要凑近落叶堆坐着。落叶堆在石棉布上，在树荫遮不住的地方，角度刁钻地放置着一只半人高的晶石摆件，阳光越肆意，它就越发亮得像钻一样。

明明府上佣人都穿着守旧且不便的长褂，却寻不见脸上的不耐烦，还是坚持做完自己的活。

"小竹呢？"

没有一个人回答他，所有人都像没听见一样，仔细一看，所有人都像自己不存在一样动作着。

"小竹小姐在哪？"男人不顾自己的老态，坚持喑哑着嗓音故作幼态，似是在逗弄一个幼童或是宠物。

"蓟备先生好。"一位其貌不扬的女士垂手站定，着一件不适合她的粉紫色套装，不要说她，眼下年轻人都不会往这种色系和样式上把自己往过时了穿。

"小竹在哪里。"

"小竹小姐在母亲那里。"

"那个男孩子怎么样？"

"您想亲自和他说话吗？"

13　八仲府邸

"我想和他们说。"

"我想这个孩子只能接触到那几个小孩了。"

有一阵子他们都没有说话,然后女士开口,"需要订票吗?蓟备先生。"

"先等一等吧。"

之后的他们几个并没有等到电话联系。据穆尔的交代,他只是在查到盈郑的时候,发现了和幼儿园事件的联系——这件事情没有被当作案件来处理,大部分人当作一个事件。事实上那些孩子并没有受太多的伤害,而不论是唐珣他们猜测的,作案的这些人受制于红榉的作用,或者依赖于红榉的特殊,还是说这中间有什么纰漏祸害了大量的孩子以致终于敲响了某人的良心及时叫停,这都很难说。反正,出于某种原因,这件事情被报道的时候实在太轻描淡写了。

他尽可能地靠近林氏医院,但是也希望绕过对他还不错的林绮媛,层层阻碍下,再次被抓住的盈郑向他求救。这倒是给他的死胡同一丝光明。盈郑跟他讲述了自己在委铭国的经历以后,不难看出那里有一些势力和曾经红门的那些长辈做的事情若有似无地针锋相对着。

"我确信盈郑跑了,而她是代替什么人在联系我。"

穆尔的讲述让他们都安静下来，唐钰追问，她是不是知道幼儿园事件的具体操作。

"据说是因为一批竖笛，那批竖笛的原料变成了某种化石。那批竖笛来自于一场比赛，比赛赞助……"

"她逃跑去调查了？"

唐珦有些无心管他们在说些什么，刚刚穆尔转述的事情在唐珦心里产生了一种恐怖的感觉。事情本来就是很恐怖的，而唐珦的精神状态本来就是大病初愈一般岌岌可危，所以她克制不住地害怕自己即将面对的情绪。

"唐珦。"她默默地祈祷着。她不想被恐惧淹没。

"你知道吗，你的好朋友来了。"阮寸心看起来轻松得好像听了一个无关紧要的故事，其余的人也无心管他们。

"我还有什么好朋友？谁也回国了吗？"

"去这里。"一个剧院地址被发过来，她一时间反应不过来自己要去干吗，阮听心凑过来看了一眼，突然想到了刚刚阮寸心告诉过自己的事。

贝茗淑正在整理自己的随行小箱子，他把上面不知道是工作人员贴的还是粉丝贴的小纸条撕下来，想扔掉，又害怕周围

13　八仲府邸

有摄像头。

"今天没有什么角度可以拍到你们。"团队里的小姐姐拍了拍他。也是,歌剧院的构造毕竟不同于其它场馆,很多艺术家都在这里。他想起自己从前看过一场演奏会,应该就是这个剧院,翻新以前。那位艺术家苍老得瘦小,四肢已经有了畏缩之态,明明应该是特别温柔的演奏,他痛苦地生气地,命令台下关掉一闪一闪的镜头。

他自己知道镜头多让人痛苦,其实也不是说镜头只有恶意,可是镜头总是很危险,所以带来了更多的厌恶。

他是不想给人演奏,还是只想给人演奏?

"来啦。"他正好想不下去,一个轻柔的女声问候自己,他抬头,看见美丽得像人鱼一样的脸庞。美人就是美人,真正的美就是客观存在的,会像所有浪漫的事物一样让人产生各种可能的感觉。

"戚婵姐姐。"戚婵看着他毛茸茸的眼神,乖得不得了。他有一丝异样的感觉,总觉得这位冰冷的前辈最近看见自己格外地开心。

"嘿!"被轻轻拍打了一下,他像做梦一样看见了那个上次活动被吓得晕乎乎的女孩。

"好久不见啊。"

其实能散个步也不错,可是他们一出去就危险了。

"你这怎么谈恋爱啊?"女孩缩在淡黄色的小卫衣里,脸也皱起来。很担心的样子,弄得贝茗淑陪她一起担心了。

"去问问门口的奶昔,他点子多。"

"奶昔?"

"门口那条狗狗。"

"可是……人家是斑点狗。谁这么缺心眼起这样的名字。"

贝茗淑真心的笑声听起来就是憨憨的,可可爱爱。整个人透露的乖实在是很难得,可以帮助他在荧幕上特立独行一些。

"你有没有好一点呀。"

过了一会,唐珦才意识到他说的是什么。

"其实在国外的时候就这样了。"

"那……国外看这方面应该会比较仔细吧?有没有多去看看心理医生?"

"现在已经好非常多了呢。"他这么一问,唐珦突然想起来很多不怎么想去回忆的事情。其实她惊讶于自己的生活环境里有很多人被极端的情绪所伤然后生病。她没有撒谎,因为逐渐接受了这个前提,她能跟很多场合下自己的情绪共处,而且逐渐凌驾于情绪。

◆ 14

甜蜜重逢

她叹了一口气，以前她总是在不断提醒自己所有的幸运应该珍惜，可是在国外厚厚一沓诊断书，没完没了地提醒着自己行为和情绪上的失控，像一只随时随身的笼。不知道是不是太过孤单，放大了自我，作为一个各种情绪病缠身的小孩子，参加各式集体行为治疗后慢慢好一点，或者看起来正常一点，最常有的感觉就是自己总是在每个地方被自己困住。

还是以前好，以前一件事从不想两遍，心里空空什么也留不住。最开始一切只有雏形，那时候蒋曼声会跟自己坐在一起，屈起自己很长很长的腿。她跟蒋曼声说自己每时每刻都有瘾，控制自己的瘾，虽然不是很享受，可是根本无法停下。像一种强迫症解析自己每秒钟新生的想法，或者去规训自己。她偷偷跟蒋曼声说，自己看见过一种病例，就是自己的身体里有一个洞，人听见了身体里所有的声音，是本来不该听见的那些。心跳最原本的肌肉搏动，血液和别的体液流动、撞击、摩擦那种让人不敢在那具身体里继续生活的动静。她告诉蒋曼声，自己的病固然没有那么痛苦，甚至是她对痛苦情绪的直接感受要绕几弯才能到达，可是自己好像告别了轻松和放松，甚至是毫不顾忌的快乐。

你很想总是快乐吗？蒋曼声问她。她说，当然了，我只想快乐生活。蒋曼声就拍拍她的肩膀，说本来也没什么人快乐啊，没关系的。她肯定地摇摇头，不对，你就很快乐。蒋曼声会笑笑说，难怪他们都夸你聪明。

"我倾向于不去想那些事。"唐珣发现，贝茗淑身上的温柔会从闪闪发光的内核里散发出来，他是一个非常自我的人，不怎么受世界的影响。他没有"人设"。不仅同行会羡慕，她也羡慕。

相比之下，蒋曼声的气质像一杆风雪里飘摇又略带战损的帅旗，能号令人心，又暗示着前路险阻。不论过多久他的眉眼和声音好像就在自己耳边和头顶，回到那个总是在偷看和想念的小女孩身体记忆里。他那么诚心，又充满计划难以靠近。可是相比同样满脑子都是事儿的阮寸心，显得更加高贵和脆弱。不过最脆弱的要数那个真的一直在流浪的天选美人阮听心。阮听心很喜欢想别人的感受，不同于唐珣自己想起外人时的抵御和估量，阮听心喜欢考虑别人受伤了没有。

唐珣惴惴不安的心情又逐渐写在脸上。

"怎么了？"

"今天下午听了一个故事。"如果只是故事，朋友也不会送自己来放松心情。

"说来听听。"有人想靠近他们的席位的时候，戚婵就不动声色地安排开。

"有个女孩……不确定是不是一个女孩。她，她不知道是本国人，还是委铭国人，她总是逃回国。因为，因为她来自于一个实验项目。"通过自己嘴唇的颤抖，唐珦才发现自己又深陷恐惧。

"是，科学家？研究员？"

"是……"不是。

"她逃回来，是因为，实验太过可怕了。"

"确实哦。感觉如果是在本国应该可以被法律保护好吧。委铭国，好像文明里有挺多压抑的情绪，所以文化上就显得比较极端。"唐珦狠狠点点头。

不知道是不是他作为公众人物想法端正了些，但是唐珦希望他是真心的。没出息的阮寸心经常觉得自己不应该评价委铭国的文化深度，他说对方不了解我们的全貌的时候发出的言论也一样讨厌。

"这样的人，应该每天怎样活着呢。"说不清怎么了，她的眼神命中注定一样落在舞台侧面的女星身上。之前好像注意到她了，又好像没有。戚婵穿着的黑色吊带从白色外搭里露出来，头发绑起来也能看得出质感极好，好像绑不住会随时松开。

"人不应该这样活着呀。"这句话，类似的目的唐珦听过几百句。可是这一句是贝茗淑发自内心的，他在说，人不应该总是恐惧。

唐珦点点头，指明方向也没有用，沙漠里的人已经没有力气了。

"是呀，应该把她先从先前的生活里救出来。"说不定那个小孩盈郑还有劲扑腾两下。

说着说着，唐珦久违地感受到一种迷糊。她缓缓地闭了闭眼，确信自己是困了。

"真好，马上就可以回去睡觉了。不像我呢，不能在自己的小床上睡觉。"贝茗淑翘起腿，早就不在工作状态了。

"你是哪里人哦，好像没有问过。"

"我？我就是本地人啊。只不过后来上学去皇城了。"唐珦有些难以置信。

"你会说地方话吗？"

贝茗淑脸烫了一下，开始轻轻念起一首老歌，"莫怪我第一句就跟你说再见，因为我是专程来跟你道别的。你知道我是谁的，只是你不记得了。我记得你啊，你总是笑眯眯地望着我，你不爱说话，只是听着我说"。

便利店门口堆满了残破的盒子，里面包装精良的零食、香烟还有保险套。

"地儿还不错。"阮听心漫不经心地说。

"那就是个小姑娘。实在是太小了，所以抓起来挺方便的，我找了八球和唐钰，不知道会不会吓到她。"

"能这么跑的小孩会被八球吓到？"

"我说，怕唐钰吓到她。"

"至于她网上的事，我找了大学同学。那个何组长，你应该记得吧？"

阮听心哼了一下表示回应。

"他追盈郑的线上活动，开了整整八个封面网站，然后抓了一只小宠物，叫'peachblossom'。搞那验证码实在太麻烦了，没办法跟它对话。组长说这东西和他见过的一个东西一起出现过。那是一个地图。它的名字叫作 wolfwatching，就像一首外国诗写的那样，虽然是这个名字但是其实是说动物园里的游客正看着一头已经没有了杀伤力的狼。这个地图可以帮助我

14 甜蜜重逢

分析盈郑留下的痕迹，就像告诉一个答案。但是这件事如果是唐钰做会更快，所以我会跟她一起。"

阮听心看起来格外兴致不高，他不知道是什么又惹到他了。难道是提到大学同学让他想起过去了吗？说起来，两年前他离开，居然好像真的只联系着自己。直到唐珦给自己发了条消息，他才从一头雾水中有了头绪。

"这小子就是这样，你看他做事情绝对想不到胆儿那么小。"阮寸心安抚地摸摸听心的脑袋。

唐珦是哼着歌回去的。她的认知好像已经能做到了解了那个女孩的经历而用不着自己感受到恐惧。说不清楚到底是为什么，阶段性的，在她休息好的时候，能体会到不是所有的恐惧都该由自己共情。

明明是因为今天，刚刚那样甜丝丝的事情发生了。他们聊到快结束，贝茗淑摸了摸她的脑袋。他身上的味道也能算得上可爱，可是平时还是透露着皇城男孩子特有的爷味，不同于蒋曼声年龄长了人不变的摸不透，贝茗淑一看就不爱扮可爱。可惜了，接的角色总是被要求做到萌一点，衬他乖乖的气质。他的胳膊一直搭在自己身后的椅子上，唐珦很少能接受异性离自己这么近，除了身边人，毕竟她看他们如同亲戚。

贝茗淑准备走的时候，唐珣都没有反应过来他们聊了这么久。他起身的时候，能看见小女孩那股子舍不得直接摆在脸上了。说不清为什么，心里一下子像是升腾起来香槟里的小泡泡，大手伸过去揉了揉她。

"要不要加个微信？"

虽然说贝茗淑不是人红剧红的艺人，可也是个好看的小明星。当时唐珣正坐在他座位右边，按说应该是另一个艺人的位置。当晚贝茗淑自己的微博的确热闹起来了。原本他旁边坐着的是一个完全不熟悉但是比自己应该更红的女演员芸朵，说起来这个芸朵有一些非常不公平的经历，因为她出道的时候太小了，又擅于控场。有点出头鸟的意思，但是他也没有细究过她，也不怎么热衷于细究别人。这些演员本就是自己的同事，而事实上这么多人都是同事，他不想去看别人的经历和人设，早就概念上疲劳了。

居然还是被拍到了。比起在剧院之外，这种拍法肯定低调了很多。唐珣圆润的小外表被捕捉到，看起来像个小朋友。远看好像五官小小的，很和谐，近看也能看见漂亮的眼型和又圆又翘的小鼻尖。

明明没有什么特别的互动，可是他自己能感到，缘分这样的吸引力不是臆想出来的。现在他也看见了，照片有几张，其

14 甜蜜重逢

中也有自己一只手摸着唐珣脑袋的那一幕。

他想起芸朵的经历,莫名地害怕起这些照片。他能感受到唐珣对于这些圈内活动没有特别的热情,应该是托关系和艺人们互动着玩的。如果是这样,或许她的关系可以保护她。略微放心了一点,也觉得自己好笑,居然也没问过她到底是谁的小粉丝。

加了微信,好像不聊天不合适呢。他点开唐珣的界面,发了一个很可爱的表情包,因为觉得唐珣发的验证消息非常可爱。虽然她说过这两个字怎么写,但是突然看见这两个字以后,她就不只是工作营业的时候遇到的聊得来的快乐时光了,而是一个真实的女孩子,生活里的女孩子。他想象着别人眼里的这个名字,别人眼里的两个字带来的心情和感受,看着她的一些相片。又觉得这一切有点太多了,他应该先整理自己的回忆才对。有的时候她看起来很憔悴,穿着比较基础的项链熊卫衣,还有简单的牛仔。之后好像厌恶了牛仔,穿得都很好看,白色时髦纱裙,或者撞色套装,每一件都写她的名字。而且她好像总是香香的,就像总是看着很 Q 弹一样。

唐珣看见了那些微博,她少见地没有感到慌张,只是隐隐在想贝茗淑会不会联系自己。她虽然看了挺多演出,大多数时候心态都和别人去 live 一样,不期待一定要发生什么,只是最好玩得开心。换句话说，如果阮寸心总是安排她去听演奏会，她就去跟钢琴家聊天了，如果人家愿意的话。

饶是唐珦这么爱想的人也料不到生活比她姐姐唐钰还爱算。

贝茗淑的微信发过来的时候，唐珦正在想他的资源简直是虐心。主演的两个电视剧她都不忍心看完第一集。他给自己发了一个可爱的表情。

"在干吗？"即使是这样，她也不大期待和贝茗淑聊天。她又不是中学生，聊天、软件、手机的苦和负能量她吃多了，觉得自己被手机玩的概率远远大过玩手机。不过，真的很好奇明星的生活是什么样的。

"在上动作课。"唐珦的脑袋里想过，"啊，这么晚了好辛苦啊""啊？饿不饿！"等等等等，被这些句子也肉麻到了。

"想看。"还是诚实做人比较好。越是心烦的人，越会被直接的事情治愈。她抵触任何弯弯绕的事情，想看帅哥就告诉帅哥。

"想视频，还是想亲眼看。"唐珦想了想，如果视频的话，可以稍微找找角度看。如果跑过去，这又不是演出现场，万一没有人搭理自己，那会过得很困难的。

14　甜蜜重逢

"视频。"

唐珂抹了抹头发，又用小眉刷刷了刷眉毛，才想起一个问题，这是阮听心的家。一种奇妙的感觉，像是，我为什么要在乎这件事，或者，自己是不是应该交房租了，突然浮现。她回身看了看，自己房间里什么男生的痕迹也没有。

她准备好灯光，躺下才发现，贝茗淑是发了一条视频过来。她尴尬地鼓起脸，原来视频是名词。转念又觉得贝茗淑好老实一个小男孩，盈盈笑开了。视频里他画了很淡的妆，拿着一条像是鞭子一样的东西，和对面举着一把没开刃的大刀的工作人员顺着步子和眼神。她想，接下来的戏应该要好看很多吧。

"其实我觉得本人好看。"因为有点不知道接什么，唐珂就这么发了。

"那下次上课我偷你过来？"唐珂觉得他是认真想偷她过去，又被逗笑了。

"看看我哪天想冒险了就去。"唐珂迷迷糊糊有点想睡觉，就抱紧被子。

贝茗淑在想，有什么办法可以让她来看，而且不觉得无聊呢？或许可以说是自己的妹妹，这样可以多看一会，不被赶走。或许她也能演一个小角色呢？

15

实验端倪

盈郑紧盯着一道灰暗的过道，她的脑袋里都是灰色漫天的沙，其实沙粒是白色的，只不过她害怕着，害怕着那些随时会出现的新的形状，害怕自己的眼睛瞥见别的内容，害怕害怕本身，害怕自己再也过不上不怕的日子。

曾经那些穿着满是镂空特殊材质的实验主义狂人跟她安抚着，你看，它是一个很美的过程，盈郑无法将脑袋里恐怖的却又正存在着的画面给洗掉，它们就在那里，配上她逃亡的人生，那些画面总是不会离开。

那些沙子是用来模拟另一种时空里的东西，那些沙子由一批珍贵的材质提取，总是像有意识一样。盈郑很害怕，她害怕那些沙子会有发出声音的一天，她认为自己的生命会在听见沙子声音的那一刻终结。

关于盈郑网络活动的调查作业像是另一个世界的任务，阮听心脸不停蹭着袖子，过于无聊了。阮寸心偶尔能跟上，至少在认真听，不懂就问。唐钰和何组长的合作手指生花，干练有序。

"根据穆尔说的，这个孩子参与的实验应该是很有名的那种替生实验。"这种实验他们并不敢多说，因为这种实验的来源，是高于种族和国家的一个组织。这个组织以调控战争和制定贫富规则为人所知，起源甚至早于已知的四大古国文明。很多人都是组织成员，包括发明库尔特门锁的物理学家。这个组织需要多名资历高的老成员推举新成员，成员都是无犯罪记录的成年人。如果替生实验有活的孩子参与，并且被找到了证据，那么他们几个现在就应该隐姓埋名起来活着。

"替生实验是什么？"

"咱们国家并没有人加入这个……会吧？"

这个不能提的组织是神秘组织里最老的一派，几个曾经称霸海洋的国家比如匍界、奥国人，才是主要组成，也是核心圣地所在。他们中间自己有成员推陈出新了第二个组织，觉得受了感召，摒弃了很多陈旧观念和规则。至于替生实验是不是他们剔除的规则之一，其实很难说。

替生实验是指一种交换实验，两种高危实验相辅相成，必须要对方实验的实时进程才能继续，互相制约。他们觉得盈郑说的是替生实验，是因为很久以前一具在内地被发现的尸体看起来经历了类似的事情，之后被委铭国收走了。唐钰觉得，要是自己就不收，收了说明身份特殊，更加坐实了替生实验的存在。替生实验如果有活人的话，一定会有相对应的一套人和系统跟进这个对象。那么盈郑是不是被她的监管收走了呢？

"先当作不是吧。"如果被收走了，这条线索全断。

"如果找我们，是管控她的人要求她做的，是不是合理很多？"

盈郑和穆尔的能力都太有限了，肯定是有上家的。她的失踪只要不是存心想躲他们几个，那应该没有被抓回实验。也就是说，她被另外一股势力藏起来了。

"躲我们玩神秘应该没有必要。找我们是为了什么？"

"找我们是上家的任务啊。"

"那么抓她的人，让她放出消息以后就带走了？"

至少摸出来还缺一环。

"我们是应该开心，实验会帮我们抓回盈郑，还是我们要在实验之前找到盈郑？"

"我们应该直接找人，那个人之前不抓盈郑是在等实验监管给她补证件。"唐钰摸了摸鼻子。

一个半大的孩子怎么找真的很困难。

15　实验端倪

阮听心好不容易回家以后才跟唐珦更新了一下情况。唐珦觉得他没有什么异常，所以并没有像告诉阮寸心一样告诉他，自己去活动玩被拍了，还加了男明星。

阮听心实在是太过疲惫了，他只是摆摆手就说要去睡觉。唐珦似乎也觉得自己跟他说这些有些奇怪，或许是把两人的关系摆在和阮寸心一样的位置。实际上因为阮寸心从未缺席过唐珦的成长，他们的关系容错率高了很多，他们吵很多架在别的关系上可能就回不去了，但是他还在。

阮听心刚刚已经累坏了，他在趴着听逮孩子计划的时候就在想，这些家伙要是现在让自己困过劲，然后回家失眠，就揍他们。阮听心对于睡眠的心态就如同减肥的人看待三餐，这东西可怕得不行，很容易把自己心态玩崩溃。

就在这时有谁的电话来了，那种让人心脏骤停的催命铃声，千篇一律。

杀了他，阮听心想。还好自己多虑了，尽管有着诸多担心，还有铃声的打扰，真正的毫无一丝力气让他堕入梦境深渊，只是这梦境一片漆黑，像沉稳无梦一样，貌似好眠。

"喂？"唐珦一瞬间清醒。

"Hi——"贝茗淑害羞的声音响起。

"现在可是很晚了哦。"

"啊。你是不是睡着了。"

唐珣好像能看见电话那头摸了摸鼻子的他。

"也没有呢。"唐珣坐起身。

"……"他们有一会没有说话,可是这些时间里就像有贝茗淑在的时候一样,如小桥流水,温润心脾。

"你是不是饿了?"唐珣轻轻地开口。

"嗯!"对方着急地应了一声。

"我能带你去吃好吃的吗?"

"我可能不能出楼里。"不忍心听他踌躇,唐珣让他发了一个地址然后蹑手蹑脚地穿衣服,预感了阮听心今天格外不想理她。好可惜,想去便利店买点好吃的来着,看来只能等下次了。

想要出门快,就去穿套装。唐珣戴着大大的镜框,可可爱爱地跟楼门口的保安问候,对方纠结她是不是疯狂的粉丝,然后被一身练功服的贝茗淑拍了拍肩膀。其实楼里的亲戚也有让自己进门的权限,不过她想了想自己最好瞒着所有人。

到有光的地方,贝茗淑的练功服才清楚起来。他可能还在练功,因为裤子勒得紧紧的,在腰身很高的位置。唐珣没有左顾右盼,也大概看见了几个艺人。他们走在一起十分坦然,贝

15　实验端倪

茗淑介绍说是自己的妹妹，一般人也不会在乎。

有几层人很多，总得来说就是普通办公楼的样子，有那么一层人少了许多，他们就在那里停下来。长得像茶水间的一小块地方，有一张很大的桌子，他们开了灯坐下。贝茗淑准备烧水，唐珂打开储放食物的小柜子看见了那些零食。惊讶地看见了那种阮听心的小卖部里才有的好吃的小零食，那种小面包的口感实在是太难忘了，总之不是撕包装的时候可以想象到的。

那种香甜的滋味很快被应证。贝茗淑看着她，感觉真的很久没有见到一个人吃东西吃得那么自然，他身边人很多时候的自然都是演的。"你找我什么事。"

"没事等会说。"他给她泡东西喝，"你吃东西太治愈我了。"

"真假，我以前有个前任说我吃东西特别假，可是不能说谁吃东西都像饿了很久的样子吧。"

"那是。"贝茗淑好像有些意外她这么说。他想象唐珂的日常生活都想象了很久，不要说想象她的恋爱生活。

"我快奔三的人了。"好像被看穿了心思。

"我才是好吧。"

他们晃了一会，贝茗淑也不想拖着，就开口，"你是不是私底下认识戚婵呀？"

"啊？"唐珦想了想，"不认识。"

"哦。"贝茗淑摸了摸鼻子，唐珦想，他果然喜欢摸鼻子。

"戚婵老师好像自从上次，就是你被活动吓到了之后，就很关心我。"

"还有呢？"

"还有就是，我不知道你有没有看那个，那个。"

"我们被拍的照片？"

"嗯……那个，反正我发现是戚婵让人拍的，可是我跟她也没有什么交集，所以我以为，你是她什么亲戚。"

亲戚。唐珦定了定手，不知道自己心里为什么泛起一种很浓烈的情绪，好像有什么事情被堵住了，不让她的心脏意识到。

"你是怎么知道的？团队查到的吗？"

"其实不是，是有人给我发了一段音频，也不是发了，是在我的桌上有一个空U盘。"

唐珦定了定，不甘心地放下小面包。她想拨唐钰的电话，想了想那个U盘的录音，拨通几下之后立刻按掉了，然后给唐钰发消息。

"唐珦说让我们查一查苏城广电大楼的监控,她觉得盈郑在这附近。"

"穆尔去。"阮寸心乐得交出任务。

"为什么呢?她不是在跟男明星搞对象吗?"

"我觉得她应该还有什么事情没有说。"唐钰看着手机上的内容,唐珦的语气并不着急,却故意把信息说得这么不着边际。

◆ 16

好像在靠近

"戚婵下面有什么活动你知道吗？"唐珦想理清自己的脑袋。盈郑也不知道到底是敌是友，如果她不停需要跑回这个国家，又为什么非要不停递送信息，她的背后的人联系着、威胁着唐家和唐珦，是为了什么样的仇怨呢？

太难熬了，这种种事情不断地真实化"戚婵就是唐冉"这个念头。可是事实情况下，戚婵是已经成名多年的女明星，而自己有过精神病，怎么可能去联系她，不过戚婵为什么会这样对自己？为什么要自己和贝茗淑在一起出现？

"不好意思，请问你可以尽可能让你的粉丝不相信我们在一起吗？"唐珦说完，发现贝茗淑眼里控制不住地闪了一下，反应过来自己的冒犯，"不好意思，请你相信我，我这么做是为了别的事情。"

"你想看看戚婵还会怎么办？"

被他的反应酥到了，唐珦忍不住笑起来。

"没问题，我会想想怎么做让戚婵有更多行动。"贝茗淑

16 好像在靠近

想,这总比红起来容易。

"你为什么要帮我啊?"

"你这样的女孩还会好奇别人为什么对你好吗?"气氛好像被打了腮红,可是贝茗淑突然从唐珣的清新可爱里幡然醒悟。

"我觉得马上戚婵要去委铭国收尾她的戏了。应该有不少宣传要做。"

隔天他们互相交流了一下信息,然后意识到得在戚婵去委铭国之前找到盈郑。

"为什么你们小卖部有那么多好吃的,能不能带我去上班?"

"你告诉我们你还有什么没说的,阮听心就带你去。"唐钰一只手按住她。

阮听心瞪圆了大眼睛。

"我没有想要故意瞒着你们。但是,但是我觉得……"她扫视了一圈。

"放心吧,我们都聊到那个 FreeN 组织了,无论怎么样都不会随便说我们的秘密。"FreeN 组织唐珣其实很清楚,每次有明星艺人做了什么出格的事情,都有人暗戳戳地猜,他们加入组织了,为了服务一些极端私密的上流社会活动。她在做公关危机项目的时候最烦遇到这种情况,因为这是一条死路,如果是组织的事情,那么他们无论如何也做不了什么。

"我觉得,戚婵很像一个失踪的亲戚。"她心跳如擂鼓,细细的胳膊都能感受到动脉的兴奋。

阮寸心和唐钰闭嘴了。其实隐隐想到了能让她闭嘴的事情,无非就那么几件。

"什么亲戚啊?"

"唐冉,唐冉是——"唐珦抽出手按住她。

"反正,阮听心要带我去上班。"阮听心稍稍读了读房间的气氛,拿起外套就走。

他们走出去很久,林绮媛询问地看着阮寸心。阮寸心不是那个黑乎乎洗不干净脸的混小子了,只不过一和唐珦在一起,他们就像十几年没有成长的两个小人儿。

"我知道这个是家务事,但是有什么一定是我们要知道的吗?"

阮寸心想了想,觉得说不上来。"要不就先听她的,顺着那个楼——"

"找到了!"穆尔只是点开锁屏就兴奋地叫起来。他跟林绮媛晃了晃手机,说是他的人和唐钰盼咐的八球一起找到的。

16 好像在靠近

"她是在那个楼里躲了很久了,本来以为会晚上出来的,没想到白天出来了。"

他们几个拎着一个半大的姑娘是很不好行动的,可能盈郑拿住了这一点。还好唐钰很聪明,特别地雇了几张能撑得起校服的脸,好说歹说围住她去上冲刺班。这才没有被拍上热搜。

在等她来的时候,他们觉得盈郑也有可能是跑不掉故意被他们找上的,毕竟他们雇的人有多差劲他们自己也知道。那么也就是说,两方在查她,一方大概率就是那个很有疑点的戚婵。

盈郑穿着一件帽子很大的连帽衫,她其实远看挺甜美的,像混血幼崽,可是近看能发现那双眼睛因为摆了很久凶态,已经非常得下三白了。整个人没有休息好,就是惨黄惨黄的。

"来吧,说说你到底有什么要我们做的。"

"我不知道自己还能活多久。"盈郑终于开口了,国语非常标准。刚刚唐钰检查了她,手上有疫苗痕迹,应该是国产宝宝。

"蓟备乙。"她好像的确很赶时间,在按照重要程度跟他们说能说的。

"戚婵就一直在跟他联系。"

"幼儿园的事情就是他们做的。"

"实验，那些拿你们做的实验。"唐钰敲打她。

"我不够资格，只能做一些基本的实验。"盈郑思考着，不知道那些沙什么时候会让自己的身体开始产生变化，不知道自己和戚婵的立场和行动能否统一。

"级别越高，实验越过分。"这下几个人大概有数。

"戚婵为什么要抓你？"

"我以为她会救我。可是她只是想对付委铭国。"

"那么在我们这里的那一半实验呢？"

"……你的祖先发现了委铭国跟实验方的协议，早就把这一部分实验改成了加害自己人。"天大的利益正在被他们全速实现着。

"……太过分了。"

"我不知道戚婵在做什么，但是我一跑出去可能会死掉。"唐钰转身，阮寸心他们几个围上来。

"不能留着她，她在这我们也死了怎么办？"盈郑低头几乎想笑，他们根本无法理解这个实验的本质。

"我先回戚婵那里，我回委铭国看看能不能找到另一个人帮我。"她这么说，唐钰的心里闪过一个名字，但是没有细想。

"何组长怎么样？"

16 好像在靠近

"类似的没有找到,但是因为那个幼儿园,你们提到了比赛赞助,那么这里有一个公司。"

"蓟备丞是法人。"林绮媛优雅地扶了扶下巴。

唐钰跟唐珣更新了他们的消息,她只是觉得很烦躁,还有很多需要回家里找的内容。

"你为什么不回家问问……如果有这种猜测的话。"

"其实我也不知道,总是感觉,虽然不知道自己经历了什么,但是潜意识里就不能倚靠他们跟我说实话,尤其是姑姑的离开。当然也有那么一种情况,是很多人真的不知情。"

原来便利店的背后有那么大一个……危楼?唐珣忍不住后退一步。

"我们能戴工程帽子吗?"

"我车后面有一个不错的头盔要不要?"

"我觉得挺好。"反正遮住脸了,不存在丢人。

"这也太好看了!"唐珣接住那个银灰色小头盔的表情不言而喻,阮听心撇了撇嘴说这是寸心的。

"你知道吗?这是我第三次来这里。我虽然不知道他们到底是做什么的,但是时间很不规律,而且酬劳给得利索,对我的生活很友好。"

"你总不会只是送送便利店的货吧。"

"我就是只是送送便利店的货。"阮听心漫不经心。

"可是我经常吃啊！"唐珣心里空空的，这下不得了了。真的恨不得赶紧联系人检查一下食品安全。

"不至于，费那么大劲在吃的里面下毒干什么，吃那些的人又不多，而且我看很多有钱人也吃啊。"

"那你觉得为什么给你这么多钱啊？"

"我觉得可能之后再给我送点别的吧。我也没说我那些货里面全是小面包啊，只是我不会每次都拆干净。"

唐珣挠挠头，比较可能的是这些乌七八糟的事情有了阮听心的参与上了一层保障。

"比较好的是，由于这里，曾经隶属于一个孤儿院，听说啊，这个孤儿院里最后一个孤儿……"

"你给我打住！"唐珣闷闷的声音从头盔里传出来，奶呼呼的，配上长长的卷发，阮听心觉得她今天格外有女朋友气质。其实这里来来往往没有一个人戴头盔，根本没有那么危险，可是又实在舍不得她拿下来。

"黑乎乎的，要是你的故事吓坏我了怎么办？"

那双小狐狸一样的圆眼睛实在是太让他心软了，怎么看怎么像撒娇，阮听心按了按她费劲抬起的小脑袋，关上了卖萌的视线。

"祁慰——"他中气很足地喊了一声。

"唉。"唐珦近乎没有的视线里钻出来一件黑得偏金属色的外套,居然有人在夜店之外这么穿。

◆ 17

初到危楼

"我们今天来干吗?"虽然是自己提出要来的,不过还是问问员工比较好。

"不管你来干什么坏事,我都不能单独带着你。"

"你好,我叫祁慰。"唐珦先费劲按了一圈头盔,然后打不开只能赶紧去摸对方伸在空中的手。

"你好你好。"

"你要找什么吗?"

"我想看看你们的食品背后的秘密,你们的小蛋糕实在是太好吃了。"

"哈?我们这里也没有原材料和加工线欸。"

"她想去档案室一样的地方,看看有没有什么资料可以看。"

"我们可以去档案室,不过如果你们是找东西的话,应该不是找档案室。"

"你记不记得我说过这里曾经是孤儿院。"阮听心好心打开她的头盔,她这才看见祁慰是有一身大小刚好符合审美的肌肉的大眼乖乖崽,好像还挺高,跟阮听心差不了多少。

祁慰笑得很满,然后就不去理他们,自顾向前。唐珦和阮听心咬耳朵,嘀咕为什么他要帮自己。阮听心挠了挠脑袋,想到底是什么生活让她一直去怀疑别人的意图。

这个楼从顶层看还是挺扁的,他们一下就走出去了,如果唐珦方向感稍微好一点就发现他们其实出去以后又绕了回来。但是并不是同一个纵向方位,楼里其实像一方中心挖空的迷宫,每间开门的位置都有自己的逻辑。绕回来之后面对着一层明显色泽冷清的,单独摆在一起的隔间,每一间的开口此时统一了,可是却小得出奇。从他们进来的方向是完全看不出这一摞像箱子一样的隔间卡在此处,它们看起来很久没有被日晒。唐珦看祁慰从结实的外套,哦不,结实的祁慰从外套里拿出一把长得出奇的钥匙,看出这门是真的很厚实。却没想到它竟然是从上面打开的,祁慰借着巧劲熟练地把门放在地上,他们都站好了以后祁慰抬手示意等一下,然后他们站了一会再走下了门,猫进去。

"我喜欢一个人。"这么不着四六的话还是让唐珦反应了一下才明白他说喜欢一个人待着,不是喜欢谁。

"你是怎么找到这份工作的？"唐珣继续拉着他耳语。

"我也想去正常单位上班的，可是当时这里的工作太累了，完全没劲再坐班。"

"这里很好。"祁慰拍打着头顶，好像拍一拍屋顶会长高一样。唐珣看着满屋子灰蒙蒙的感觉，突然不想摘头盔。但是已经有些压抑了，她忍不住拿下来之后，吸入的空气提醒了自己身体的疲惫，就席地而坐。

"这里有椅子啊。"两双眼睛看着她。

"椅子"是真的小椅子，不同的是它的四条腿扒拉得更开，像不堪重负。坐得大马金刀的祁慰看着她，小椅子看着品质很好，只是在地板上划拉了一下，没塌。阮听心坐上了另一只小椅子，这下唐珣还在亲爱的地上。

"如果你们想找什么秘密，那应该只在这一半，不会在平时他们跑活的位置。"

"是只有这一侧有这些小隔间吗？"

"不知道。"他们俩都回得很干脆。

"这些小蛋糕绝对不一般。"唐珣平时对这种甜食属于想吃才吃，但是它们的小蛋糕一入口就不觉香甜的味道还是很反常的。

"虽然我听过阮听心的故事，可是如果帮的人是你的话，

17 初到危楼

我也要知道你有什么小秘密。"

"为什么啊？我都不知道你会怎么帮我，怎么就告诉你？"这种事情多少让她不适。

"作为交换，我们会跟你讲我们的部分，当然你不愿意那就算了。"祁慰听起来没什么着急的，唐珦一想，急得还得是自己。

她想讲，这么多年来，她第一次很想讲出来，因为这个时刻她的讲述有了真实的意义，可是一切却突然堵在嘴边，觉得所有情绪都不对。她低下头，不是很抵触，却摩挲着手里的头盔，这下倒是被她打开了。

"唐珦，你知道两年前为什么我被赶出来吗？"

"我不知道你是被赶出来的。"

那一刻的转折是嫁入阮家的美人看见了球杆那么粗的栏杆里快认不出的旧识。栏杆上螺旋状的尖刺凶猛地张着，她也不顾自己一双在阮家护得细嫩的双手，抓紧栏杆的时候也想抓住心里曾经发光的过去。阮听心想起他们的时候会想，谁都在想母亲的浪漫遭遇，可那也是她需要经历告别的命运。那位旧识早已没有了过去的样子，只有狼狈的人样模糊可见，眼露凶光。目之所及，一盏将灭将落的烛火让他被剃得精光的颅顶滑稽地反光。

那一天阮听心的感觉都很糟糕，哪怕是对于一个性格乖巧且生在那样一个谨慎成惯常的人家的孩子，他还是太过敏感。他那天像往常一样做每件事，却在很多时刻心跳如擂鼓，一声急过一声像是要锤透胸膛。等父亲在宗族位前擦拭过灰烬，等副官来报夫人去看了那个身份隐秘的犯人。等他起身时，压制一天的晦涩心情如咽不下的气一样闷得胸腔疼痛，他一定要一定要阻拦住，抱住父亲，让她走，或许也不是让她走，只是让她好好地自由一回。只是少年人不清楚自己的手劲大小，怀抱里的挣扎突然就变成了直直挺起胸膛，翻腾不止，眼白冲着自己。在人冲进来压住父亲的身体报警的时候，他好像看着这一切，意识又没有完全联系上发生了什么。

先生死了，母亲的两位先生都死了。她跑走了。阮听心在被发落之前都没有人安慰他一句父亲生前早就有发病历史，所以大大增加了不治几率。仪式之后还有层层仪式，阮听心跑得也不是很低调，可是没有人抓他回去。

"那，那你跑是因为……是不是因为想让母亲知道自己在阮家没有后顾之忧了？"唐珣怕自己臆测。

阮听心生于一个那样美的故事，又是那样一个看起来不乏各种爱意的故事，却非要拥有一个不了了之和无法弥补的惋惜的结局。

"你们觉不觉得没有人的地方最安全了。"祁慰明了又迟钝地赞同，阮听心似是沉浸在回忆里思索。其实很奇怪不知道为什么总是有很多人都在制约自己，唐珣长大到现在最大的感受就是自己总是寸步难行被织在一场网中间，步步错，她无时无刻不在害怕某种极坏的结局降临在自己身上，正如她所见和所遇皆是一场场腐烂一般的历程。

蒋曼声是她的不得之物。蒋曼声让她认识自己的过程那么压抑无声，她所有的期待和久久不落的崇拜，在蒋曼声和唐冉的情节里被抑制发育，被尴尬处理，被定义为不是感情。她其实也很漂亮，也很有魅力，可她好像长不出离那身像男孩子一样灰溜溜的装扮，阴阳不良还修剪得短短又整齐的头发，扁平又不舒展的五官。

蒋曼声和唐冉的离开真的让她很痛苦，她像被掐住一口气憋到现在，死了数次还要轮回。就怪他们，她一直无法成人，无法像女人一样体会该有的爱。

"哎，其实我有一个初恋。"唐珣漠视着心里警铃一样的刺痛，认真试图讲述一个信息性质的事情。她避免把这件事情变成某种故事。故事可不是什么甜蜜的好听的东西，她不能被这件事夺走更多了。

"我们只是需要知道到底是个什么事情,不是在采访你对初恋的心得。"阮听心看出她横亘了一个开头在嘴里,找不到句子,温柔地试着帮助她。

"那群召集的年轻人,里面就有蒋曼声。"祁慰的大眼睛看着唐珣和阮听心瞪着两双大眼睛互相看,那一瞬间似乎惊觉原来唐阮两家交好,可以到脑电波通话的程度。

18 一路跟着他

"啊，你是说以前在红门那个大院子里？"他们热切的对视有了声音，打破了祁慰的幻想。

"没错，红门那个大院子里有过一个非常不一般的行动，是专门分析红榉的。"在那之前，其实很多事情都在发酵。由于缺乏一个由头找回最后一批红榉的具体参制队伍，一批年轻人悄悄地潜入了红门附近一处山眼。五人一队进行考察的时候，只是过分高挑而其貌不扬的蒋曼声一直都在和颜悦色地面对队伍里各式各样的激情分子。那个时候唐珦以为自己会长成激情的那一类。激情分子就是说要么对于任务有自己极端的小想法，要么只是参与让自己的履历漂亮一些，光耀用途。

勘探的难处有，不少人是缺乏长期徒步的经验的，一路上的各种感染和并发症加剧了任务的艰难，一时间分不清队伍的魔怔是因为疲惫还是感染了山体里的某种病毒。

其他情况下，由于队员的选拔过程需要优先考虑其社会关系以及参与本次任务对于红门的影响，队员之间几乎没有配合能力，更不要说默契了，进展艰难，争吵不断。蒋曼声的脱颖而出让唐冉和唐珣觉得莫名其妙。唐珣会去真的是因为唐冉的不负责任，不论家里急成什么样子，唐冉觉得有意义，唐冉觉得唐珣想，她就一定会带着她。

她还是不懂为什么带上唐珣会让家里急成那样，明明是自己也可以去的地方，而那个时候的她有多美丽已经是毋庸置疑和惊叹的事情，什么能让唐珣比自己宝贝那么多呢。她当然不会跟自己的宝贝侄女计较，是这背后突然的比较落差让她多了很多的思考。

对于唐珣来说，她一向脸颊发热，大人说什么都当作不知道。唐珣只是单纯觉得，自己应该和姑姑一样表现，就能维持一种公平感。

布置任务的时候，蒋曼声看着矮了一截的小人，只是露出了一分惊讶，然后温柔地笑着告诉她，什么图形可以用来记录什么样的岩种和病变，以及红门自己独有的推演过程。不懂得帅气是什么的唐珣执着于蒋曼声脸上一种独特的协调感，那种感觉就是他的每个表情都尤其好看，有生命力，不像别人的脸上有的，不论是什么都不是善意的表情。

蒋曼声和唐冉在唐珣面前从没有情侣的样子，这种明确的自信更让剩下的团队对他们三个充满怨气，一个夹带私货的大小姐，一个废物关键时刻会拖累全团，还有一个莫名把自己当回事的竹竿子，这让原本也各有计划的一众散沙觉得自己就是专业陪玩。

蒋曼声走在最前面，由于大家的重心都在前方，唐冉压后方。唐珣说不清是不知道怎么在姑姑面前自处还是脚步由心生，一直忍不住走在队伍前排，跟着那双黑色皮靴，跟着那只包带子上绑了白绳子的尾巴向前，那种绳结就在那段时间里敲响唐珣心里的小铃铛，有时只是余光里有那黑白缠绕的小绳结，唐珣紧绷的心里也会松绑一会，闭着眼睛也能认出它。

蒋曼声和小绳结在一次次小任务里一遍遍选中了唐珣，也一次次加深了唐珣愿意一次次待在他身边的使命感，当然了，她以后学会了宿命感的意思。从一开始帮他打着手电，到后面帮他协调一组的食物，唐珣从偷看他背包上的绳结已经可以大方地对着蒋曼声微笑，看他的脸，偷偷描他的五官。蒋曼声轮廓圆润也硬挺，就是眼睛形状狭长，类似一双凤眼，却也有下垂的无辜感，总是在对自己笑，好像他们在春游一样。

蒋曼声的声音总是在对着自己说笑，所以滑稽也温柔，但是对着别人的时候也分出精力有效地安排着所有的任务，并且全神贯注每个人的行为。唐珣觉得他特别厉害。

实地当然有实地的风险，除了一直不能换洗，导致唐冉必须每天拿着乳液在她身上涂抹，在一次危险里，唐珣曾经有一秒悲伤地觉得自己要死了。那是一阵像小地震一样的震感，然后在想要示意蒋曼声自己没事的时候，像被地底某种生物迅速掀起的震动一下把唐珣完完全全地掀起来，她重重飞起，又被身上的背包拽下来，肩膀痛，哪里都痛，失重也让她想翻过身呕吐。下一秒，从头灌到脚的眩晕让她以为自己的器官都要飞出去。一阵无意识的挣扎以后她看见自己落入了炫目白光里的一道黑色缝隙。

再次醒过来的时候，一只手以让她安心的方式远远抓住她的手腕，她试图轻轻地摆动自己的胳膊，那只手轻轻收紧好像想要抚慰她。她担心剧痛的嗓子没有声音了，就捏紧十指，轻轻地喊了一句。

"喂。"

"嗯！"对方是梦呓。唐珣轻轻翻了身，希望自己没有断掉什么骨头，却发现自己只是虚弱和眩晕。刚刚背包在肩上。

四处摸了摸，让干涩的眼球舒服一点适应一点，她猛地发现了绳结掉落身边。惊讶地抹了抹头发，她扑过去，找到蒋曼声的脑袋，发现他枕着自己的背包。确定不了生命体征的时候，唐珣惊惧得嘴唇颤抖，无意识地咬紧牙关去探蒋曼声的鼻息。在确认了好几分钟以后，她的意识才能明白，蒋曼声真的还活着。此后唐珦就一直这样，很多事情需要反复告诉自己才可以真的意识到。

很多事情慢慢涌上来，唐珦饿得干呕。其实也吐不出来，她害怕自己哪里被摔坏了。姑姑去哪里了，蒋曼声受伤了吗，到底怎么了……一众可怕的猜想之中只有悬在半空中无法落下的心，这种情绪第一次出现，唐珦根本不知道该拿它怎么办。

在这个不那么香艳的场景里，蒋曼声一身汗水把唐珦轻轻抱进怀里。初恋的第一次拥抱大多发生在一个尴尬的时候。好想在那些幸福和心动来临的时候有过一些提醒，可以让自己的触感最大化记住所有的细节。

有没有事情熬成遗憾才可爱？

蒋曼声显然被延迟袭来的疲惫打倒，确认了唐珦没事以后，他惊讶于这里有些许亮光。他们整理了物资，鉴于唐珦吃得很少，他们并没有因为短缺陷入焦虑。充满着安逸到不正常的氛围让唐珦咳嗽了起来，蒋曼声随机起身寻找可能求救的缝隙。

"我给你讲一个故事。"好不容易两个人冷静下来，有了最终相处的时间。如果是长大以后，唐珦一定恨不得去敲打自己的脑袋，以求捆住脑袋里抑制不住的精神世界不要绑架自己。她在那些时刻里总是有那种难过又孤独的感受，说不出，很偶尔会变成眼泪,更多时候像从身体里面烧了一个洞把自己分成两半,根本不知道自己的未来会变成什么样,失去了生命的所有权。她每秒钟都在努力地找回自己的身体。

"生命故事。"回到现实的她看着两双大眼睛盯着自己,恍如隔世。不过自从重新被拖拽进红门的故事和事故里,她的孤独越来越少,更多时候都觉得自己有用了。

小蛋糕,小蛋糕,讲了一半故事的唐珣盯着小蛋糕思索自己来的原因,还有怎么就被岔开了话题。

"我觉得你说的有很多只是你一个人的视角。"阮听心搭话,看起来很沉浸,祁慰瞪大了眼睛,即使他没有什么朋友也觉得不可以这样诋毁别人的初恋体验。

"故事还有一半呢。"果然,唐珣瞪圆的大眼睛即将喷火,她觉得在自己提起这些事情的时候多少感到,自己没有想象中那么清楚地记得这些漫长回忆里的每一点小细节,需要回忆缓冲一下才能说出每一点。这让她惊觉,蒋曼声居然成为了一个故人。

通常在有任务和作业的时候,唐珣一边拖延一边着急,现在她算是完成了拖延的部分,该着急了。"你到底关于这些小蛋糕还有小零食有什么秘密哦?"

"这个是得下到最最最下面才会知道的事情。"

"最最最下面是什么地方。"

"最最最下面。"祁慰重复了一下，然后四处看了看，没有找到纸笔之类的东西。他开始跟唐珝比画。"实际上，我在这里的八个多月发现了我想象中的这个楼的全貌。"祁慰画了一个方体，然后在它顶部中心的位置向下推顶下去。

"你看见了吗，就是这样子，在下面的时候，就可以跑到中间那块被推出去的空间里，我觉得那里应该有你需要的答案。"

"那我们快进去啊。"祁慰看了看他们的下半身，突然不自然地摇摇头。

"我跑到下面的唯一办法不知道你们行不行。"

◆ 19

传奇入梦

看起来他们有一点不信任，祁慰抽出了四角掖进去的被单，告诉他们这回可不是自己编的。他又把几层被褥抱起来放到对称布置的对面床上，告诉他们睁大眼睛。祁慰好像的确视力不太好，他手摸索了几下才摸到一对很小的半圆凹槽，伸进去的时候狠狠捏住了两个凹槽然后上提，就在唐珣被他身上的肌肉闪到有一些发呆的时候，她也意识到被提起的是一扇多厚重的门。

这可怎么办，如果是我自己，该怎么打开它？下意识的想法也不让她觉得莫名其妙，她开始估量自己的两只手该摆放在什么位置。照亮了内部，里面的陈设让唐珣觉得这的确确像是一个食品加工厂，空着的位置如果可以躺一个人的话，这个人也会被加工成为某种——掐了一把手心，把脑袋里的腐臭排出去，唐珣扭头等祁慰来解释。

"看好了！"祁慰熟练地把脑袋和上半身以仰着的姿势探进那个露出的口子，狠狠加深了唐珣刚刚食品加工的恶心想象。躺好了以后，他曲起腿也伸进去了。

"如果我现在把盖子合上，马上就可以靠着蹬这个盖子一下下往下走。"

"可是我们刚刚看见底下应该也是一模一样的小格子间啊，难道说那个小格子间没有床，是连接了某种管道吗？"

"不是这样的。"唐珣张大了眼睛。

如果说一直以来都是通过一脚一脚把自己蹬到最底下的某个秘密空间，外面一定有别的路，不然那个躺里面的人必须保护好脑袋不要撞成脑震荡吧。唐珣想象着里面的人怎么去发力，没有什么结果。

"你确定非得一脚一脚蹬下去吗？"阮听心想着同一件事，却没有结果，他茫然地看了一眼唐珣，对方一脸视死如归，好像已经想好怎么蹬下去了。阮听心轻轻掰了一下她的肩膀。

"你听我说，他不知道自己能不能上来，也不知道到底要蹬多少脚，万一下面有妖怪，你到下面就已经崩溃脑残了不是去送人头吗？"唐珣恶狠狠蹬了他一眼。她把那个虚掩的盖子打开，不顾里面横躺的祁慰探下去接着观察内部。

"喂！"祁慰害羞地捂着肚子想坐起来，因为太高差点撞到脑袋。

"这是什么！"唐珦又扑过去，她扒着祁慰的腹肌，伸手从侧面摸到了一串滚轮。

"所以这是一个驾驶舱？"

"所以这个东西还能用吗？"

"所以祁慰你之前没有发现吗？"两张嘴不停地问。

"我当然发现了！但是没有用处啊，我试过了，不知道是需要通电还是需要开某种大的开关。"这个选项比脑震荡好了很多，阮昕心念叨着大开关若有所思咬起嘴唇。

"你感觉大开关在哪里？"

"显而易见是配电间。"

"显而易见是主任办公室！"一下子所有决定僵住，到底是下一步去哪，他们好像等一个人领头。

"我觉得，我们先不去这里面钻，看看别的地方到底有没有别的资料。"

"我觉得，我们要去配电间或者办公室，就算不知道那个小滚轮能干什么，但是我们不能只打开这一层的房间。"

所以他们三个人盯着祁慰手上的钥匙，找到了其中几把和现在这一把比较像的。

"我真的不知道为什么会慢慢收集到这么多钥匙，但是我觉得自己每次都坚定地记住了需要哪把钥匙的。"祁慰很真诚地解释着自己的不仔细，就像唐珦每次走错路或者认错门特别尴尬地向别人证明自己平时不这么傻。

"我觉得我们应该一起，避免信号不好，然后慢慢去找。"唐珦揉了揉脑袋，持续地戴上和拿下头盔让她感到有一点晕还有反胃，可是莫名的兴奋感持续地从胃里冲上来，她有些小委屈地觉得自己被裹进了某种许久未见的亲密感里。

"一定能找到的。"

热血会被冲凉的，在寻找了很多个房间之后，他们一会一无所获，一会被堵在门口，险些把钥匙也断在其中。

"唐珦，你觉得这些蛋糕与你有关，那你不妨继续讲那个故事，搞不好可以启发我们，最起码看看，哪部分秘密是你缺失的。"祁慰的大眼睛亮亮的，让唐珦陷入了另一双眼睛。

好没出息。唐珦第一万次这样想自己，然后无奈开口。

他们醒来以后其实有一些东西唐珦不可能如数家珍复述蒋曼声说的每一句话，因为那个时候她也不知道自己对他的感情在新认识的无数别的男孩子身上无法代餐，而且她受了一些惊吓，所以是不是因为惊吓格外地更依赖蒋曼声也不好说。

蒋曼声好像试着跟自己讲述了一个远古的唐家故事，可是这个故事她怎么也想不起来。

"那你还记得哪些部分？"

在那些忽明忽暗的记忆里，她只记得蒋曼声是怎么那么爱笑，而且笑起来充满了……充满了魅力，她会看着他水红色的嘴唇，想自己作为一个女人有没有那样一张小嘴。

"休息也没有用，那些梦境不会放过我。"唐珣说出来的时候想起他的微笑，她觉得那似乎是——几乎是蒋曼声在递给自己一把钥匙，去打开某个东西。是什么呢。

"我知道这句话。"祁慰惊悚地瞪圆眼睛。他们回到房间以后，唐珣吃了一点小蛋糕，明显地感觉到好多了，小蛋糕超乎寻常的美味让尝遍美食、满世界摘米其林星的唐珣感受到从未有过的生理满足，更让她因为小蛋糕上的艰难进展而难受。

"你看！"祁慰从小蛋糕底部一层，一些旧包装小蛋糕的条形码上一个个找，找到了一个有着淡淡铅笔印的小蛋糕。

1991.31158。显然没有人知道这是什么东西。

"之前有一个人，他就一直是这样子说。也不是一直，但是如果他这么说的话，我会特别觉得印象深刻。"唐珣心里好像又亮起一盏小灯。"我完全知道你的意思，你记不记得那个人是什么样子。"

"他，他不就是人样，年轻人，年纪我也不好把握，长相嘛，没我帅，个子也一般，正常身高。"听见"正常身高"，

19 传奇入梦

唐珣好像又抑制不住地失望了。

"那个人在离开之前,他的房间被清空之前,他把这些小蛋糕给我了。"

"这种小蛋糕有什么不一样吗?"

唐珣吃完以后在祁慰的床上躺好,大家也都打算休息,为了节省、安全还有考虑变量,祁慰吃了普通小蛋糕,阮听心和唐珣一人吃了一半旧包装小蛋糕。

唐珣入梦前并不抱希望,因为在她心里自己的梦境一向就是那么闹腾,这怎么区别普通梦境和加剂量梦境呢。有时候她梦见和一个没感觉的异性好友亲昵地约会,背着对方的女朋友有香甜的吻,有时候她梦见比较欣赏的异性对她实施暴力,然后梦中在一条铁轨边醒来,三面石墙,一面临轨。

"珣珣。"在深得近乎认不出颜色的红湖水里,有人想要来唤醒她。

"珣珣。"有很亲昵如血亲喊出的焦急的一声,有贝茗淑微笑的呼喊,还有小伙伴们催促地找她。没有他,哪怕如丝缕缠绕心间,越紧越易碎,他还是没有来。唐珣在梦里,看见了自己。她看见了自己像游魂一样找,她冲上去,终于和游魂重合,看见了她眼里的一切。

在一个个如同独立舱位一样的卫生空间,来来往往戴着口

161

罩的人似乎都很惊惧。他们离开一个门唐珣就冲上去抱紧自己。这是什么时候的习惯了？唐珣似乎有点意识到某些不对劲。会抱紧自己，这样的动作明明是十几岁的自己有的。原来素面朝天看不真切，那个身影居然还是很多年前的自己。可是到底怎么了呢。

那里好像有一个男孩，是自己的好朋友。他们都穿着某种深蓝色的统一制服，有一天她和唐钰——所以唐钰也在！——在某个类似于门卫传达室的地方，她们需要拿某一样东西，唐珣的卡怎么也贴不对地方，刷不上。直到两个男孩靠近，其中一个伸手抓着她的手贴上去发出"嘀"的一声。就是这样，这个男孩子好像很受欢迎。可是接下来，这段完全陌生的影像让她觉得那个人不是自己，应该只是长得像而已，她不可能对于这样一段记忆只剩下深深的震撼，而不是一点想要伸手去抓住他的感受都没有。他是谁啊，她安静地听心里是否能响起这个名字。没有。

"喂！"她惊醒了里面的人，还好没有惊醒自己的梦，她终于看见了自己顺着回忆闯入的是一个昏暗却又点满了小光源的巨大空间，几乎像是爆炸出来的一处空旷场所，两排人肃穆地看着中间身穿米白色服饰的一男一女。所有人转头睁着空洞的瞳仁看向自己，他们都穿着某种统一的宽大的礼服，及地，有着一宽一窄两道腰带，女性的服饰是浅色。在自己出声以前，他们都正在关注着殿前最大的一道光源，或是中间那对新人？这应该是一场婚礼吧。

中间的身影继续走了两步，还是停顿下来，似是有些舍不得地回头。转身的是男士，面容和自己不认识的那个男孩子一模一样，可是这是同一时期的吗？他们不是还小吗？他们不是情侣吗？他的头发已经被剃得很短，内衬着一件有粉色祥云纹样的上衣。他脸上的情绪很显然刺激到了唐珦附着的这具身体，内里灼热的温度几乎让她担心她快要爆炸、碎掉，或是融化。

只有一个念头，到死都不亏，到死都不亏。

"是我，是我叫1991。"

20 异兽

阮听心和祁慰表示都没有睡着，他们在仔细搜索了附近的房间以后，由于讨论过配电间，大着胆子也去找寻了配电间。他们听着唐珦无厘头地描述，提着问题，并且把奇怪的内容也带给了唐珦。

配电间露出的红光看起来是有人常来这里，他们不知道该不该害怕，毕竟有人还是强过有鬼的。红色的房间里满墙的女孩妖娆照片，看起来像是某种选秀。唐珦想了想自己价格高昂的护肤品，担忧地戴上头盔进去看。其实这些照片已经被她一眼认出来，而且其中不少是和戚婵、贝茗淑同出现在一个活动的艺人。她惊恐地找寻着熟悉的脸，还好没有。

房间中间的桌子上，有一张张不同深浅的彩笔记录的内容。她着急地把它们都拿出了房间，果然和她想到的一样，红色的这里是女孩子，大约是同一个年龄段，绿色代表着更小一个年龄段的女生，很多面生，她们都被标记在另一串数字里，大概是另一处地址。唐珦确认了红色的数字是指代这一处地址以后又走回房间。

"你们看,这些女孩的表情,根据我以前听过的一个理论,这些摄影都是有目的的。"唐珣认真投入,他们俩试着跟上她的思路。

"从前有一个女性摄影师叫脊背城,她的作品有一种很特殊的角度,我也不知道怎么去形容,但是他所拍摄的作品,对象都堪称完美。"

"我也觉得这些女孩子很完美啊。"为表现温柔,祁慰摸了摸鼻子。

"不知道这个摄影到底是男是女,可是 Ta 的作品一直以来都是艺术课新生代必须了解的审美准则。Ta 拍摄的作品没有统一的打光风格,甚至没有标志的动作,总结不出套路,可是结果总是能呈现同一种完美,如果是模特长得无可挑剔,那么换另一套系统,模特的长相缺陷又暴露无遗。"

"我们认定的完美,是符合公式化考验的,即画面真的多一道影不行,少一道光又不够,整个画面没有一点问题,却又服务于人物。"阮听心和祁慰看着画面中的人,大概能理解唐珣所说,虽然她们都是漂亮的女孩子,可是画面之中那种力量和无所畏惧,显得每一个都颇有魅力。

"你觉得这是脊背城那个摄影师的作品吗?"

唐琚摇摇头，"即使是，那这中间一定有很多学徒的作品"。阮听心试着看了一点，对比了一下她们的姿势，有的抬头，有的直逼镜头，有的像在画外经历一场故事，每个都不同于上一张，他们不知道唐琚从哪里找寻到痕迹。

"其实我也是外行，但是如果说非要确定是否出自一个人，简单找到一个摄影师的签名即可。"她用手指向一个布谷钟，这个钟的确非常特殊，它总是出现在人像十步之内的位置，非常精确，哪怕超过一点也不是出自一人之手了。唐琚一会紧闭双眼试着还原相片里的人，一会睁开，大致地分了分照片。祁慰两手撑着阮听心，他们根本没有睡着，这个时候略有一丝疲惫。

"我大概知道这个地方是哪里。"

"我觉得分男摄影和女摄影。"

他们异口同声。

离开的那一刻，祁慰一直觉得自己因为没有休息好犯了某种错误，这个时候瞬间红起的走道提醒了他们。

"唐琚，你们拿了什么东西？"惊慌之下唐琚和阮听心只能举起手上的照片和一袋子原始包装的小蛋糕示意他。

"看来除了我的房间，还有一些房间被加了这种保护措施，如果我们两次站在门上的重量有明显差距，这栋楼就会有反应。反正我是这么理解的。"

"快走吧。"阮听心和祁慰的体力不支比较明显,但是唐珦又不怎么认路,暂时发现不了这个空间正面、侧面、梯形隐藏面的秘密,只能跟着稍微天赋异禀的他们慢慢走,楼里的气氛瞬间焦灼,虽然本来也不是闯入了什么戒备森严的禁地,但是它突然好像唤起了很多角落里的力量要去跟随他们。

在唐珦回避之后,原本作八卦状的众人很快得到消息。毕竟很多事情都有指向性,他们在证据的追赶和下一步的迷茫里思考着各自的问题。没有过几个小时,像是他们各自等待的下一条指令终于到来。

具有争议的青少年惨剧发生了,而且范围不小。他们是和群众一起看见新闻的,在担忧是不是本国少年的时候,唐钰和林绮媛坚定了要照顾盈郑的想法。先是紧盯着的系统 wolfwatching 发出关键词捕捉的报警声,以及 Captain(队长)提醒,委铭国的青少年离奇死亡案发生了,紧接着手机上还在注意贝茗淑新闻的各个软件公开了委铭国青少年死亡案,标题触目惊心地点出来这种现象有了传染性。

"事实上最近一个世纪根本没有某种现象,是让人真正在自然情况下看见别人自杀然后人传人的。"林绮媛抓紧表达了她们应该真正留下盈郑的想法，唐钰看了她一眼。

"蓟备乙的秘书来信了。"穆尔一秒严肃，痛苦地眨了一下眼睛，这个时候大家都在就好了。

虽然红门只在本市老人心里有点分量，可是唐珣和小明星的靠近已经引起了很多人的注意，也有人在论坛里提到了她的好友阮寸心经常会带着他和明星一块见面，不少人猜测是因此认识的。说不上来为什么，贝茗淑的少得可怜的粉丝也都不怎么相信这种事情，觉得是那种很快就过去的新闻。

这种时候，被他们圈进关键词的委铭国引起了世界的注意。起先是毫不在意的青少年死亡状况，紧接着，这种死亡好像是受到了某些引诱。

"蓟备乙想要做什么？"

"不是蓟备乙想要联系我们，是他秘书警醒我们，他的爱女绾竹因为受到了这件案件的影响已经住进了重症病房。"

"自杀未遂？"他们都抬起头。

"不知道啊，可是这种提醒明显就是在告诉我们这件事情，范围很大的事情跟从前一样要跟我们联系起来了。"

"秘书为什么要提醒我们？提醒我们以后又有什么能做的？"

"先赶紧去联系 Captain 查一下案件还有她住院的更多信

息吧。"

"如果说唐珣真的可以找到姑姑,那是不是可以连上所有的事情。"唐钰想象着,突然出现和委铭国有千丝万缕联系的唐冉,委铭国即将对唐家展开的抹黑,幼儿园开始的一系列事件,唐珣去找的那个联系着她的工厂,到底还有什么连锁反应在等待着他们?

"你们觉得戚婵真的是反社会人格吗,那她是不是根本就不是唐家亲生的?"

"唐家多少有那么点小极端的人格在身上吧。"阮寸心咯咯笑了起来,虽然一点也不合时宜。

"我们不需要把盈郑关起来吗?"林绮媛还是隐隐有些担心那个小女孩。唐钰一瞬间慌神,她对林绮媛和盈郑都突然地产生了关心。

一直以来唐珣都是她们这些女孩里最孤傲的人,她甚至也看不起自己,因为唐冉和蒋曼声的眼光,和她对他们俩的臆测压抑着她对自己的肯定。她虽然很友好,可是对林绮媛一点好感都没有,当然了,对于自己可能也没有什么好感。唐珣是一个看起来很友好,喜欢一切,可是非常非常冷漠的人,搞不好跟唐冉真的一模一样,所以有可能唐冉跟这所有事情都有联系。

危楼突然被叫醒了，在"轰"的一声巨响之后，唐珦三人看见原本沉睡的大楼像一架残破得好像很快就能掉胳膊少腿的劲舞老人，顺着一种自然的直觉，她感受到了这条逃跑的路像是通往另一个世界，在危机的时刻把他们三个推出去。

就在他们跑得要收不住四肢的时候，隐隐辨别出这种巨大噪声里实际上藏着某种怒吼。那一瞬间，有些记忆又明亮了起来。记忆的明亮没有太过帮得上忙，但是阮听心和祁慰几乎是被定住一样。祁慰视力差一些，可是也感受到了前方巨物的动静。

他们完全手无寸铁地暴露在一只两人高、笨重地跑向他们的怪兽面前，唐珦甚至没有办法去看这只怪物的特征或细节，只觉得地狱里牛头马面应该就像这样长得像各种动物吧，可能是牲畜头加鸟的身子？

"跑啊！"两位勇士，包括美人阮听心想要四处找趁手的武器了，唐珦喊完跑以后也不知道自己该去哪里，这个时候还开车回市区吗？这东西是不是应该交给城市里的超级英雄啊。

"喂！"唐珦和阮听心惊了，祁慰不知道开口想跟那怪物说什么外语呢，唐珦想起来自己多少还有个手机。

"你是想报警呢！"阮听心已经抓起一根棍子寻找高地想要做英雄了。

"我想想要不要跟爹妈打个电话告别！"唐珦生气起来。

21 收获宝刀

突然出现的一道亮光有力地扎进了怪物的身体，一个年迈的……打手，跃起站在他们面前。

唐珦注意到打进怪物身体的是一颗子弹，可是很亮。接着老人从身后抽出一杆通体金光闪闪的宝剑，左手又打出几颗子弹，似是非要打中怪物身体各个部分的重要脉络弄伤它。怪物想要怒吼的时候，夏啦很紧张地又打出一颗大一点的珠子封住了它的喊叫。

"它会引来别的东西吗？"祁慰问道，老人不予理睬。他扑向怪物几步踩住了它的腰身，一杆剑身尽数没入了怪物的脑袋。痛苦使它机械地捶打老人，唐珦害怕地不知道该如何帮他。他似是喘了一口气，在大吼一声拔出剑的时候，怪物终于倒下了。

老人从怪物身上翻滚下来，此时他们也不知道到底该不该报警了。刚刚就觉得有什么不对劲的唐珦，终于意识到了。她惊呼一声然后扑进阮听心怀里。

21 收获宝刀

"我啃老啃了一辈子啊,突然没有钱了,还得出来赚,我等死等了一辈子,才发现自己怕死。"

老人非常缓慢地赞许她。"小姑娘年纪轻轻就敢于承认怕死,很有勇气哦。"

老人的袖子松动了露出来胳膊,那里有一道非常可怕的伤口,看起来像是被一截翅膀穿透了。阮听心安抚地拍拍她,唐珣瘫软,重量压在他心口,眩晕和疲惫击中了自己,阮听心也缓缓闭上眼睛昏过去。

再次睁眼的时候他们都聚集在阮听心家里,唐珣舒适地在被子里转个身,才发现身边另一床被子里包裹着阮听心,她伸出手戳了戳他的鼻子,高挺诱人。

Captain 得到的所有消息都显示,那个组织的小房间会通过财务信息监控,筛选出情况比较不同的各个未成年人信息,利用不同的方式在互联网上让他们上钩,去小房间里玩一种游戏,然后通过一种独特的可以捏住他们兴趣的方式,比如大冒险时拍下的照片,偷过的东西,承认过撒谎,让他们被房间吸引住或者困住。由于财务浅浅分析出的大致状况,这些青少年会加入一种午夜冒险游戏。他们会吸食一些东西,然后计时窒息自己。

唐珣出房门以后，穆尔关切地递给她一杯奶茶，还有那个熟悉的小蛋糕，一定是从阮听心家里搜出来的。

"唐珣看见了吗？委铭国的消息。"她点点头，穆尔赶紧告知了蓟备绾竹也住院的信息，以及他们调查到了绾竹的伤情跟吸食的东西有关。

"后来怎么样了！"唐珣抢了话头，祁慰舒展了肌肉，告诉她后来发生的事情。他们俩昏厥以后，祁慰根本不知道该从他们的手机联系谁，大概发现了联系频率最高的阮寸心，以及估计了一下他和阮听心是兄弟，就打给他。在阮寸心来救他们之前，一个矮小的瞎婆婆慢悠悠地走出来，他甚至觉得他们这些怪物啊，神奇老人啊，还有瞎婆婆，都来自于同一个地方，他们都不知道是从附近哪些奇怪的地方出现的。

瞎婆婆看见他又防备又疑惑，告诉他不要担心那个老头子，然后她迈着奇怪的步子走过来，从怀里掏出一张巨大的绿色帘子，铺在地上，在她预备拖拽老头子的时候祁慰意识到那是一片巨大的不属于城市物种的叶子。老头子被她拽上去的时候她没有开口要求帮忙，于是祁慰根本不敢打断这种奇妙仪式。然后他眼看老人被卷进叶子里，这个时候瞎婆婆的动作看着一点也不吃力了。她把这个卷又滚又踢地扔到路边，马路边上好像别有植物洞天，但是祁慰视力不好看不明白。把卷踢下

21　收获宝刀

去的时候,阮寸心也到了。

瞎婆婆又折回来,带着那柄金光闪闪的剑正走向他们。

"你们在楼里看见什么了吗?"

"看见了照片。"祁慰老实回答。

"这柄剑是唐家女儿的嫁妆。"阮寸心接过来。

"这个楼里面,有让她觉得熟悉的东西。"

"唐珦是因为一些蛋糕过来的,您知道这个蛋糕有什么东西吗?"

瞎婆婆思索了一下:"如果她觉得吃完不对劲,可能这些蛋糕原本就是给她这样的人准备的,这种东西叫作目露球瞳。这里面曾经有她的先人存在的痕迹,她可能会感受到。"

唐珦接过那个嫁妆,她想起夏啦最后说的赚钱,觉得瞎婆婆二人应该是受命保护他们的。Captain 隔着屏幕敲了敲,引起他们的注意。

"唐家姐妹一定要注意,虽然委方没有明确提出让青少年死亡发生的化学物是什么,但是极有可能准备好了说辞是红榍。"

"这下完蛋了。"唐阮四人恨不得心跳止住。这种事情他们在成长过程里没少见。

"唐家不是明确表示所有红榫交出去了吗？"

"我们讨论过这件事情背后是著名组织 FreeN，一旦唐家咬死红榫交出去，这就会变成国际战争。如果唐家可以背这个锅，就要——"

"就要嗯……了。"

"这个红榫，到底是什么东西啊。"祁慰摸了摸鼻子。

"这是一种较为柔软的材质，锡制物。"

"怎么了？"唐珣问他。

"那天你们昏过去了，我看见地上有很多沙质在四周。"

大家不明所以，可是都撇嘴。

"唐珣，根据娱乐新闻看，唐冉应该快回来了。"

唐珣抬头看他们，"我们还有必要回红门商量这件事情吗？"

"你是不信红门其他人家？"阮听心想起自己离开家的可怜样。

"也不是吧，她担心所有的事情都会被推到唐冉身上，她想听听唐冉想干什么。"

"最近有没有贝茗淑的新闻呀？"

"我觉得不太有。"

21 收获宝刀

她抓紧打开手机跟贝茗淑联系,却没有回音,如果他们根本联系不上戚婵,怎么确定她是不是唐冉或者让她套实话呢?现在他们都不明白到底发生了什么,想要做什么。

"唐珦,根据瞎婆婆的想法,那个楼里有很多你前辈的东西,Captain 已经去查了,还有目露球瞳,不知道怎么写,但是我们试一试,你还能想起什么梦的细节吗?"

"吃完目露球瞳以后,假设那个原始包装是给'像我这样的人'准备的,那么那个梦境很显然也跟什么痕迹有关。"唐珦仔细回想比对那个楼里破败的场景和梦里那片虽然黑如夜幕但是依然富丽整洁的婚礼,去想突然想起的那个故事,想起黑暗里蒋曼声的声音让她全身的血液都温暖起来。好像那一刻极致的情绪不见了之后,那个故事又模糊了起来。那场婚礼,也不知道新娘到底是谁,想起自己在梦里突然附着到那位前辈身上的时候,那种依依不舍的情绪,看着那个和自己身着同一套制服的某个集体里相爱的男孩子,他们应该是那种关系吧。

"能不能让 Captain 查到那种婚礼的服饰到底是什么呀?"唐珦艰难地画出来。

"只能试试了,Captain 毕竟没有活那么久。"

唐珦也拿不准该不该回家,她很想吃小蛋糕,又担心,目露球瞳吃多少才可以不危险。看着她圆润的脸一直向着那些带回来的小蛋糕，阮听心还是拿了普通包装的那一个，然后递给她一杯汽水，因为她奶茶喝太多了。

"睡一觉就好了。"这种梦到死都不亏的，为什么到死都不亏，无非就是因为唐家的传说。那是一种多么美的东西，如果不是因为红门即使在这一辈里也充满了心碎，他们一定也执着于这种传说符咒。一道唐家的符，一种醒不来的梦，除非是自己那个心悦的答案，就会在那种美好里永远沉沦浸泡。很是奇怪，红门上上下下都在聊这种诅咒到死都不亏，却没有一人去找寻过这个传说的全部。

假设有一人，有一人是一个人的答案，这该怎么选。她知道在很多人心里其实不在乎任何人，可是连她这样偏执的人也找不出那样一个唯一的答案。什么人要让自己放弃生活呢？即使唐珩从小就有一点小特殊，她依然珍惜自己独特的情绪状态，珍惜唐冉和蒋曼声的回忆，珍惜红门的一切，更不要说自己的朋友们，她根本无法用一个人去换取这所有的一切，哪怕过去的每一天都像是带着一颗洞去心跳。

沉入梦境之前，突然一丝清明袭击了她，如果快要见到唐冉，是不是也快要见到他了。

22 唐琬的力量

唐冉背着为雨林所准备的装备，编着的头发不停有汗水滴落，视野就不用说了，她觉得自己很快就要看不见东西了。她大刀阔斧前行，不只是因为身上的装备让自己行动不便，更重要的是雨林里自己的动静不论多大也惊不到她自己害怕的史前巨兽。

"小心！"不是人声，一双手拍在自己身上，举起的长胳膊敲击了两下，示意自己不要掉以轻心，这里不止巨兽需要担心，果然，唐珣感觉脚踝一阵痛就踩空了，撞击打断失重，她挥舞着四肢然后闭上眼睛。

"珣珣。"她睁眼，眼睛干涩难受，明明是在极其湿润之地。突然有了视野的自己对上一张时常想起却早就失去了熟悉的眼睛，眼下有一颗痣，大家都说象征着命不好，她像是克服着水里的阻力，挣开疲惫的双臂起身抱紧他。

"你去哪里了。"这肯定是梦，因为蒋曼声和从前长得一模一样。

他也不觉得这个拥抱奇怪，只是温柔地回抱回来。

22 唐珣的力量

"你长大了果然很漂亮。"听见声音,想起自己以为他再也看不见她长大的样子,她湿润起眼睛。

"你都不来梦里看我。"唐珣很想多看他两眼,可手舍不得松开这个拥抱。

"哈哈哈!看来身边人很宠你。"唐珣软下来,只是趴在他怀里。

"如果你也一直在,你也会宠我的对不对。"

"对啊。"

猛然想起自己的任务,她松开他,又忍不住仔细看看是不是和记忆里的感受一模一样。"上次我们被困在这个洞里,你跟我说的前辈的故事。"

"你不是已经看见他们了吗?"

"什么?"

"我看见他们就在你周围啊。"蒋曼声说着她听不懂的话。

"他们自己说肯定比我听说得好。"

醒来的唐珣觉得很不舒服,有点想吃点感冒药,可是因为不知道目露球瞳会不会和感冒药有奇怪的反应,撑着难受起来喝热水。

"怎么啦。"阮听心听见动静过来找她,看见了她拿着感冒药摆弄。"想吃就吃嘛，目露球瞳又不是什么酒精。"

"你说，像我这样的人，会是什么样的人啊，还有我梦见了蒋曼声，却没有问出来我记不清的那件事。"

"你可以等一等，直接去问问唐冉。"

"唐冉从委铭国回来了吗？"

"并没有吧，但是很快穆尔就要过去了。"

"有人陪着他吗？"

"阮寸心和林绮媛会陪着他，唐钰之后会跟你一起。"

阮听心穿了一件黑色的背心，看起来最近的行为让他逐渐变得不那么像一个美人，更男人了。唐珣轻轻咬了一下嘴唇笑起来，她想象着第一次见面的时候只露出半张脸也会让大家疯狂喜欢的立体长相，又有高级感，也让人想入非非，不会只有距离感。

阮听心好像注意到了，抬头，满脸惊喜地看着她，一步步走来，摇曳得无比快乐。这个阮听心和以往不同，唐珣好像只看见了他走向自己时的那种快乐，但是从前离家的疲惫心碎，和被最近的事情缠累的样子都找不到，他只是一个很想靠近自己的人。一种神奇的感受从她心里不受控制地流出来。惊讶的同时唐珣感觉非常不好，这种东西不是感觉，好像真的是有什么东西流出来了，从她的心脏里。

低头看着自己胸口空白,明明什么也没有,抬头又撞见阮听心的双眼,很幸福很温柔,她知道了自己从未见过阮听心任何一个幸福又完整的样子,他一直和很多伤心又负累的人一样残缺地行走着。

"唐珣。"那个声音充满了雀跃的东西,很正面,应该是……希望?

"珣珣。"在一种惊恐如即将坠入深渊的心情里,她被抱紧,温暖的脸颊靠近了阮听心温暖的体温,她深呼吸,没有闻到他身上一贯的香水或者沐浴液味道,只是有一种很香很让她安心的气味,那是从他身上散发出来的一种物质,唐珣不明白。心里流淌出的东西没有停下,她有些害怕那是不是属于自己的某种东西,某种力量,这样流淌下去,自己会不会昏厥,会不会越来越虚弱,可是在他的拥抱里,这种流淌而出的力量并没有在拖垮自己的力量,而是找到了承接的对方,就像形成了某种连接。

她扭动身体示意他先松开自己,她想看看怎么样让这个过程停下。

阮听心纹丝不动。

他们站在她房间的入口处,家里只开了地上的夜灯,他们不会觉得漆黑,也不会打消睡意的那种。突然,她粉色窗帘上闪过一道大概四边形的光,像是某种车灯,唐珦轻轻地拍了拍他,又不敢作声。他们的窗户靠着山,上次他们去山上玩的时候看见了,即使是从那里最近的行人道看窗户,也很远,即使有人故意地往他们的窗户上晃手电,也不会产生刚刚那么大的光影。

又来了——此时一个五边形怪物像是迈着步子一样靠近了窗帘,在一阵杂乱的影子晃动后,那个五边形又分裂出一个小五边形,两个怪物似是牵手一样走向窗帘,可是没有足够的光源,怎么会有影子呢?那对影子感觉下一瞬就要掀开帘子了,却又突然被拉扯变长,她又急又快地拍打阮听心的胳膊。不知是不是因为害怕,她闻不到那个味道了,她抬头,迎面撞见了贝茗淑的笑脸,那声惨叫终于喊了出来。

"怎么了怎么了!"阮听心急急地跑过来,想开门,又怕唐珦衣衫不整,只是开了门又大声地敲了敲。唐珦坐起身,浑身是汗,她摸了摸胸口,那个正在有什么流出去的感觉终于不在了,而那完全不是梦。

"进来!"阮听心进来之后,唐珦依然觉得这不是梦,她觉得阮听心就像是刚刚松开对自己的拥抱。而贝茗淑那个像是得逞了什么的笑容太过吓人了。她开始思考他们最后的对话,是跟唐冉相关的。唐冉希望自己跟他有所联系,结果最后的事

22　唐珣的力量

实是他们真的建立了某种联系和信任。天哪。

唐珣看了一眼钟，和她刚刚那个"梦境"里预估的时间一样，可是一般梦境里发生的时间段都是事实的五倍左右，至少对她是这样，可是到底是什么东西，什么东西在她的身上，能释放某种能量，吸引唐冉，还有别的东西？她没有告诉阮听心太多，只是希望 Captain 对于目露球瞳的调查可以有一些头绪。在他们相互安慰交叠的身影背后，细沙洞悉着屋内的一切，却无声地流淌。

"真的不用再看些什么了吗？"唐珣和阮听心在养精蓄锐攻克那栋楼和别的东西的时候，穆尔和阮寸心他们以最快速度来到了委铭国。这里偏棕色系的街道充溢着一种整齐又儒雅的感觉，穆尔能感觉到，阮寸心很喜欢这种情调，他甚至不受控制地旅行起来。穆尔不忍心怪他，即使蓟备家和唐家有点疯的那个女明星要做什么，也是自己丢了命的可能性大一些。他们三个不能太分散，可是阮寸心和林绮媛总是忍不住开始买东西，好在一定的熟悉度让他们的相处不需要任何一丝刻意。他每次都自然地坐在门口喝东西，一杯咖啡甚至喝了几家店。他也觉得自己在等待某种审判，应该好好休息休息，清空一下脑袋。

23 初到委铭国

林绮媛有些控制不住地因为和穆尔一起"旅行"而开心，她不属于话多的类型，加上唐珣、唐冉和唐钰都特别性格鲜明，就会显得她是那个比较不被注意的那个，可是她总是安安静静地享受自己的生活，拥有的漂亮的东西和漂亮的脸蛋。林绮媛喜欢的衣服都是偏白色系，毛衣类型的。穆尔没有真正特别喜欢过什么女孩子，更何况他也无心去看一个貌似对自己有点小兴趣的女孩喜欢买什么东西，他也完全相信林绮媛绝不需要自己的任何感情。阮寸心对这些事情视而不见，他喜欢过很多委铭国的东西，音乐、女团或是电影，在试着用他们的语言交流着。

"你知道吗？我们有女明星也来你们这里了。"

"是婵吗？是的，她的粉丝非常非常多。"

"她来这里拍电影了。"

"是吗？那大家会很开心的。"阮寸心拿下了一些联名长裤，非常满足，林绮媛对这家店十分不感冒，她好像从来没有穿过休闲装。

"请问要帮您提到车上吗？"

"什么车上？"阮寸心手顿住。

"啊？抱歉，我以为那是你们的车。"阮寸心想自己是不是记错了什么单词，却发现真的有一辆雪白的车，印着雪貂的标志，静静等候着他们。他急得跑过去敲了敲窗户示意穆尔。穆尔从发呆中惊醒，却发现那辆车上已经下来了两个男人靠近他们。

蓟备家那座晶石装饰，不知道是装置还是算装饰，一向都受到了所有人的喜爱，有的时候缩竹小姐会允许伙伴们和它合影。此时蓟备馆一改从前似愉快又凶险的诡异氛围，像一只有机会发脾气的困兽一样开始了自然的低吼。八仲府邸的设计一直是式京特有的，不同于满街的棕色，它是灰色系，尤其喜欢在建筑中间余留完整的空间，让所有同行结构，如楼梯或是日常所需的家具都沿墙摆设，院子里也会多放置制热或是视觉上会产生热反应的浓烈颜色，冲淡灰调钻入骨髓的冷气。

他们到达的时候天色已经暗下来了，晶石镜不知道通过什么聚集了热量燃起蓟备先生常坐的那只软垫边的一团红叶，警示的意味让阮寸心燃起了心底那种祖先常常在临敌的时候烧起的心跳，如一种难以驾驭的精神翻涌起血液，惊恐和兴奋在瞬间加载交织在一起，让他明白自己准备好了。

"两位，阮先生，我想先告诉你们我为什么这样生气。我和唐小姐曾经都在一个实验里，那个实验是遗留下来的，我们因为一些事情欠了 FreeN 组织一些情分，可是我发现戚婵小姐正在做某种文化清洗，这是她心里所想的，她利用自己的人气还有自己的粉丝群有不少年纪很小的孩子，对他们做了精神上的毒害，或者是洗脑。"

"她是怎么做到的？她做了什么东西让他们想死？还是幼儿园，幼儿园不是没有伤亡吗？"

提到那件事，蓟备家的绾竹小姐还在医院里躺着，蓟备先生的怒气也逐渐压抑不住。

"那么她为什么要那么做呢？"阮听心在所有这样的场合都在貌似好商好量。

"我的想法是，你们一定可以从她那里得到一些我得不到的答案。但是我想请你们控制一下她的文化清洗。"

"唐冉可能是知道了一些从前的事情，然后她会跟着一个同伴计划后面的事情，也是因为一些无法放下的东西。"

"唐冉一直不知道这些实验有什么，以往参与低阶实验的时候，她以为只是因为一些利益，FreeN 需要一些额外的资金去控制阶级变量，由此制作一些药物赚钱，她所见的那些药物并没有任何的伤人用处。可是很快，FreeN 和第三方达成协议，通过划定我们整片区域作为实验范围，封锁了那片区域投喂，有可能唐冉就是——"

"所以第三方是你们，唐冉就是从那里逃出的生命？"

"所以为什么需要这样的实验？"

"您可以理解为，需要这样一个实验的人，其实是一个苦出身的做题家，普通人，可是他很快发现了这个环境的秘密，那就是普通人其实不是普通人，而是少数一无所有的人类，而剩下的人，都是天赋异禀的，可是他们自己不知道。这个人他看破了这个漫长的寓言故事，他只有在天赋异禀的小苗不认识自己之前用一切杀死他们，才可以防止在百年后像他，或者他的子孙那样被永远地控制为人奴。"

他们三个安静地靠着椅背，看着蓟备先生，他们合理地设想了一下，依然想象不出这个故事现实版的样子。

"说回来先生，不论怎么样我们都很抱歉蓟备小姐发生了这样的意外，只是如果唐冉真的是从一个人间炼狱出逃，带着各种阴影和仇恨长到了可以报复的年纪，我们能怎么样控制她呢？我们为什么要这样阻止一个人报血海深仇呢？"穆尔好像能理解唐冉做出这样的选择背后的深深孤独感，他也是这样每一步只要自己心里的公平的人。

"我真的不管你们怎么做,我甚至可以把你们关起来,也可以放你们走,但是我觉得唐冉才是有计划针对唐家的那个。"

这个可能性阮寸心他们早就想过了,看来很有必要赶紧让他们找到那栋楼底最深的秘密,然后——

"蓟备先生。"一直端坐的林绮媛突然用清晰的当地语言交流起来,阮寸心和穆尔都睁大了眼睛。

"我觉得蓟备先生的心情我可以理解,可是既然令爱已经住院了,是有什么压力要继续阻止唐冉吗?她还想要继续做什么吗?"

"所以,其实 FreeN 尚未追查到唐冉具体是谁,而蓟备先生应当对当年唐冉逃出实验负责是吗?"阮寸心稍被提醒就明白过来。

"哈哈哈哈,并不是,我只是觉得唐冉有可能会针对我家。因为绾竹被救治的消息说不定已经广为人知了。"听着他的辩解,三人都隐隐担心蓟备乙已经做好了要无赖的准备了。

"这样吧,蓟备先生,我想请您把我扣下来,但是请不要用恶人的方式囚禁我,让他们去找唐冉。"

"我很喜欢这个决定,您放心,在我府邸的隐私都是保护得很好的,您可以随意检查有没有摄像头或是录音设备。"蓟备乙安排好她的衣食和住所以后就离开了。

◆ 24 ◆
闯入派对

"如果他要对你做什么，你怎么办啊？"阮寸心可不敢冒险。

"你知道我林家从前什么出名吗？"

"理财？基金？"穆尔回答，被白了一眼。阮寸心略一思忖好像明白过来。

"难道说？"

"放心去吧。"

等他们大致确认没有人跟着他们以后，穆尔跟着看起来很有打算的阮寸心一路小跑。

"所以林家以什么出名呀？"

"下蛊。"阮寸心低头，手指飞速敲打，对话框换了一行又一行。

"……"

"这只是个传说，但是红门大多数传说都没有真相离谱。传说林绮媛的祖先叫援女，下蛊出神入化到不需要借助任何工

24 闯入派对

具,只是抬手也可以让人昏厥两三天。"

"那会是催眠吗?"

"也有可能吧。"阮寸心抬头看了他两眼,突然抬起手机对他拍了一张照片。

"……"

"今天新城最后的皇室会去一个活动,我觉得唐冉也会去。所以我们马上去商务区换衣服。"

一阵折腾的同时,穆尔大概了解了新城最后的皇室,包括一些八卦呀,人民对他们的抱怨或是期待甚至是威胁,以及今晚会有很多明星和不同国家的社交网络红人以参与这次活动为荣。

"我们要去哪里哦?"阮寸心和他穿得完全不一样,穆尔身上的搭配和自己平时穿得差不多,但是明显有了质量,也简单修了一个刘海,戴上了一个较为低调的钻石耳钉。阮寸心则是穿上了休闲感十足的小西装,虽然他和阮听心说不上来为什么总有一种面色惨黄的不健康感,但是还是帅气得不普通的。

"你恋爱过没有?"

"嗯?没有。"

"我觉得最快找到唐冉有两种办法,判断她的方位,一种是她在玩派对,那么还有一种,她在玩别的。"说着阮寸心拿出了自己刚刚带着下来的提箱，打开之后他发现里面都是没有拆封的新牌。

"她在玩别的可能性不大，但是你没有赌过对吗？"这里一层都是明面上的私局，以一种高端和会员制把闲散客归在一定数，有的时候赌场自己欠了钱，这些人就是流动血袋。

"如果她在派对的话，我也没有办法保证自己可以进去，毕竟我觉得戚婵自己进去就花了力气。"

"嗯？"说话间，阮寸心和他已经穿越了富丽的迎客大厅，越靠近越能感受到震耳欲聋人声鼎沸，热浪让他们脚下的地板都发烫。

以最后的皇室为由头吸引来的各个国家的媒体、红人还有游客让这里涌动着一种兴奋，阮寸心此时没有初到委铭国的游客感，而是皱着眉头试着不看不听涌动的人头去猜测这个派对的核心在哪里。穆尔也是刚刚自己复习了一点新城的情况，新城曾经被人们认为是一块福地，没有严寒，没有瘟疫，没有贫穷，延续了五百年，哪怕是别的国家饿坏了的情况，它被视为受了祝福。这样一层意味，让阮寸心在思考，他们为了让恐怖事件不会发生，一定准备了大量安保，不过他们任务不难，只需要找到戚婵，一个女明星。

一个女明星，一个没有发公关稿的女明星，在这里一定是

24　闯入派对

采取了一些私密的方式。阮寸心硬着头皮假设，他不是故意非要矮化她的价值，但是别的可能性他也不会知道，只能往套房闯。

他赌一把，这里的套房里一定有他曾经一起狂欢过的，哪怕一两个认识的人。

他大声的用普通话和穆尔聊天，穆尔看起来也拘谨中带着不耐烦，侍应生看他们是普通学生年纪，大约是这里常见的那类年轻人，便主动询问楼层，阮寸心也熟练地用外语回答了一个顶层之下的楼层。侍应生之后又要给别的娱乐层客人按按钮，阮寸心则是暗自希望这中间上来的有自己的机会。即将到KTV层了，门一开，他赌一把喊了一句——

"Kevin！"人群先是一愣，上来的漂亮男女你看看我我看看你似乎不知道该不该回头，阮寸心有些自卑地想，如果阮听心在，这个任务得多容易。一小阵骚动之后一个深棕色卷发男孩回头，歪着脑袋从缝隙里跟阮寸心"唉呀"了一声。

稳了，他想。

这个男生叫梅森，是的，一听就是做奢侈时装的，有钱，也有理由靠近明星，他的运气真的太好了。梅森声音有磁性，人也很温柔，他一开口的时候所有女生都看着他，阮寸心理所应当顺应了他的礼貌邀请先去喝几杯。他看了两圈，觉得自己没搅和什么主题派对,没有人要过生日,没有人会找梅森做别的,他就开始拉着他划拳喝酒,但是速度很慢。

剩下的客人意外地和穆尔玩得很好,尤其是穆尔表现出来自己有品质的生活选择,和对派对一点兴趣也没有,便有两三个女孩黏过来。穆尔看了一圈,给一个穿黑裙子的女孩倒了一杯酒,选了一个香槟杯,又看见另一位拿香槟杯的美女,也倒上了一点,然后腼腆地舔了一下嘴唇,活脱脱的年下的样子。女孩子们都很开心,穆尔也没有想到是自己来照顾她们。可能是这些姑娘看阮寸心司空见惯,就格外觉得自己新鲜。

"穆尔!"他扫一眼阮寸心,按照他们说好的那样,他叫了气氛服务和新的酒,留了卡号,让剩下的男孩子们也一下子兴奋起来,然后他要求调暗了灯光,主动给女孩子们拍起了照片。

从把剩下的人交给穆尔以后,阮寸心就佯装有些忧郁,询问起梅森来这次派对是否为公务,梅森诚实地说了跟委铭国的大单,他了解,梅森性格温柔,比较喜欢交朋友,而且他拥有的设计已经有了一席之位,也不会过分争抢。

阮寸心扶额,说了自己今天就想上楼去找那个女明星戚婵。

"是这样,上次在匍界的游轮上,戚婵……"

24　闯入派对

"不会吧!"阮寸心深谙人心对八卦的无法抗拒,露出一些暧昧的表情,梅森的圆眼睛瞪起来,露着微笑意味不明。

"哎,反正,你也知道,我之前觉得姐弟恋就是图姐姐不会闹嘛,小女孩又没有什么爱好,戚婵,反正我还蛮喜欢的。结果没想到她也会闹,闹着冷战了。"

"啊,怎么这样。"他根据梅森的性格找了无法抗拒的理由,要求对方联系戚婵,唯一的问题就是现在只能留下穆尔让他自己去了。

穆尔认为应付他们这些事情应该比他想象中容易一些,实在不行他借口去看看戚婵和他聊得怎么样甩掉他们。

梅森想了想以后也没有用手机联系谁,就出门去问,梅森的脸可以通行去任何地方,阮寸心觉得这种时候特别安全,因为他们在红门总会学到一点,没有计划就不会被打乱或者跟踪。果然,侍应生特别理解设计师私下联系女星,大概联系了一下她的经纪人,得到了快速的允许,对方并没有问设计师有没有带人,阮寸心心怦怦跳。

他真的很紧张,且不说他要面对的任务,本身面对着记忆里那个"姑姑",未曾见面就狠狠调戏人家一道,真的太让他难受了。梅森理解他的反应为即将见到喜欢的女孩心情复杂,体贴地拍拍他肩膀,心想自己这个忙一帮,这个朋友一定交上了。

他们发现顶层藕粉色的装修风格竟然将整栋楼的喧闹安静地隔绝了，经纪人日理万机却行事从容，告诉他们大约有半小时，戚婵之后还有别的安排。梅森了然地点点头，阮寸心佯装看手机，心里突然升腾起一个想法，要是唐珣在，此刻会怎么样。

"请进！"就是现在了。

"这次麻烦了，下回我请。"阮寸心实在无心寒暄，随口告别，梅森也留在门外。

房间里很多绿松石的摆件，有一些小鸭子，非常符合从前新城上流社会的长辈审美，阮寸心看着戚婵的那一刻就站住了，他懂了唐珣以前描述的场景，这的确就是唐冉，虽然和戚婵的所有画报一样美艳，可是这个女人就是他们的姑姑，亲切又不理人，总是穿着像少数民族服饰一样的复杂刺绣，然后持一柄很重的剑跟着前辈师傅舞出衣袂飘飘的花。

总是这样，总是这样，她和唐珣都是一样喜欢露出一种从眉毛蔓延到眼睛再开在嘴角的微笑，阮寸心此刻就预见了唐珣该是多么心痛。

"姑姑。"

唐冉也没有打算隐瞒些什么，露出了真心的苦笑，"你们

24 闯入派对

都长大了好多"。唐冉的声音还是少女,不愧是做偶像的人。她瘦得可怕,那胳膊再少一分都算得上难看。好在除了心疼唐珣,唐冉对他毫无感性压迫。

"姑姑,我明白,您有计划,改名去做艺人,跟不少人做了协议,躲在一些光环后面完成自己的计划,可是您有什么非要影响红门的渊源吗?"

"做这些,只有唐家有资格听,你与此无关。"

"那太好了,唐珣早就发现你是谁了,她到现在还在想你,想蒋先生,她连问都不敢问自己为什么被丢下了。而且现在多少人被你的计划威胁到了?您就不能停手吗?"提到唐珣和蒋曼声,那张脸多少动容。

"她说了?她觉得自己是被丢下的那个?"唐冉杏眼圆睁,柳眉竖起,生气起来。阮寸心没有说谎,其实很久之前他就知道,唐珣一向遇见自己心里觉得不平的事情都会去问去喊,只有唐冉和蒋曼声的离去、消失,她似乎平静接受,那是因为接受了这个洞,接受了自己是一个受害者,被抛弃了。她不忍心对自己的爱做任何事,不忍心责备,不忍心提问。

"蒋曼声没有和我一起,我所有的计划都和他无关。蓟备乙一定已经说过了,唐家是怎么把我从一个神奇的地方给救出来的。"

"他说的是苦难的地方。"

"他是平庸之辈，当然以为自己能做的是了不起的事情，能造成苦难。实际上，我来的地方神奇得不得了。"唐冉讲述了那个美妙村镇，依山傍水，把女儿们养得青丝如瀑肌肤胜雪。

"蓟备乙自以为自己得到了什么惊天秘密，是我们那里会产仙女。他有一个五岁之前生了多次大病的妹妹，当然了，后面才有了女儿。为了一些天方夜谭的事情，他居然请了上不了台面的残忍技术把我们都变成了……标本。"阮寸心不知如何看待这些事情。他在整理，因为蓟备乙的说法是他们从前一起参与过一些实验，不过绅士没有急于提问。

"之后我以蓟备乙和他的社会关系为核心继续一个我认为的平息仇恨的计划。我不想这些事情影响我之后的生活，所以我就先从幼儿园开始，偷了唐家的关系去引进化石，利用我的明星影响力，去看起来像是粉丝论坛的地方钓青少年，利用他们的孤单和自我还有攀比，让他们迷恋上了各种很危险的游戏，看起来像是自缢一样。可是这些数字远远没有打平。我现在就可以告诉你，我离开唐家是因为确信了唐家找到我，是想看看我会不会说出实验具体内容。"

阮寸心想，这下这个变态是不会停手了，如果林绮媛可以

24 闯入派对

自己突出重围就好了,不然就拉着她逃跑。

"您没有什么别的东西要说了吗?我可告诉你,唐珣就快要知道那个神秘的楼底下有什么先祖秘密了。"唐冉似是惊到了,她自己重复了一句"神秘楼",看阮寸心的笃定样子,她真的很意外唐珣这么快就快要进去那栋楼了。

"传说都是真的。"她看了看时间,好像下定决心一样要说什么,突然,藕粉色所隔绝的空间似乎被打破,一声弹射类型的枪响,他们回头看见松动的门把手,阮寸心熟练地摘下不小的化妆镜,把唐冉挡在身后。

"告诉唐珣,尽快下楼。"阮寸心回头看见一改冷艳、满脸心事的她,不明白突然的提醒是为了什么,她屏息出手,巧妙地套招让阮寸心分神,门开,子弹迎面而来,阮寸心被狠狠推开,他惊得听到唐冉闷哼一声,似是中弹了。他想起自己之前跟穆尔科普的新城作为福地的名声,最后一个皇室,整齐地破门声,这里很有可能是发生了恐怖袭击。

他捂着胸口,想楼里都是名门名流,无辜的富家子弟,这太不公平了,又忍不住想起不着调的唐珣和阮听心,愿他们百年好合,又想到唐珣冰冷的眼白,她一定会说,满楼名门名流,如果我是坏人也想去分一杯羹。分神间唐冉已经带伤逃脱了。他要出门找穆尔。他把镜面对着自己,这下不仅有了盾还

205

有了背后视野，他趴着去摸安全出口，房间里有人在吼有人在叫，暂时没有新的枪声。丰富的国外经历让他只听出了一种枪声，但是听起来不是特别具有爆炸性的子弹。

摸到出口，他觉得自己是不是应该救一下楼里的女性，或者至少救一下善良的梅森，可是穆尔的声音从下一层出口传来，还有很多声音。

"穆尔！"他压低嗓音，很快穆尔和几个眼熟的保安冲上来抓着他又往另一个方向跑，阮寸心原以为那是吸烟室的方向，紧接着越发靠近的小喷射式枪声打断了他的思考，他几乎没有看清就被推出了窗子，紧接着后面人一起跳了出来，又一只手钳子一样拽了他一把，他就这样被拽进了飞机，紧接着差点因着惯性跌出飞机另一个门，还好那只手始终没有松开。

"喂，接好小王子！"

"什么？你说接好小王子？！"阮寸心还在想着，对面两个人扑了过来，他抢先一步扔出了机舱里挂好了的不知什么用处的梯子，有一个黑影扑在了机舱门上，下滑的时候腿缠住了梯子然后被他拉上来，紧接着阮寸心反应过来他紧紧接住了穆尔，两人一时竟然舍不得撒手。

"什么东西小王子。"一边喘，阮寸心一边想起这件怪事。

24 闯入派对

"就是，你知道的，小王子也在这。"

"根据国民惠民政策允许，小王子郑诺兹于二十一岁后可以随时预备登基，前提条件是修完所有的课程。"

"你看娱乐版块的说明干吗？！"穆尔一凑上去就看见各种偷拍的大头照，都是侧面或是背影。

"我是想给你看看！到现在都没发现有什么不对劲。"阮寸心调开手机屏幕，从娱乐版块找到了另一条消息。

"啊，我就说这个人看起来有点不对劲，原来是长得像这个明星哦。"

"小王子的翻译带了吗？"

"刚刚就我们俩飞上飞机了不是吗？"啧啧啧，不能让小王子知道他可能一半的员工都掉下飞机了，或者葬送火海了。

"那怎么办啊，他的其他家人用了什么逃生方式？为什么没有带上他啊。"

"他们不在一块，他在王子休息室里。"

"那么你是怎么跑到王子休息室了呢。"

"我去找你遇到带枪的劫匪了，我一路投降就撞进去了，还得是我运气好，他那个房间应该是少数配枪的呢。他的侍卫就全去攻击劫匪了。"

"这也不科学啊，怎么没有一个人留下保护王子啊。"

"怎么，你还要查一查王子身边的这种情况反应标准吗？"

"我很想，但是……你能听得懂我们说话吗？"考虑到可能只有他会用新城的语言跟王子交流，他很想看看王子会多少外语。

"嗯……"小王子点点头，事实上他的年纪应该和他们差不多大，尤其是，他们现在可能有一些确切的小王子生日日期。

"你是不是出生的时候有一个双胞胎哥哥或者弟弟啊？"

"……"他抬起大大的眼睛，不知道如何应答。

阮寸心抬起屏幕，上面长得和他明显是有血缘关系的一张脸印着一排签名——贝茗淑。

"我就说贝茗淑的名字不常见吧！"穆尔激动地锤了一下阮寸心，小王子依然茫然，不知道是不是不敢信任他们。

"不过，虽然但是，你看啊我们也只是大胆猜测，怎么可能会有这种事情呢。"一直以来半猜测半寻找信息的他们又开始梳理这些内容。

25

再见零七

根据这个新城小王子可能寻找到的新闻，他和所谓的最后的皇室做好了某种应急预备，他的登基将会是一种计划很久的行动。这也是他们俩根据刚刚的新闻猜得比较有可能的一种。小王子是没有露面过，可是贝茗淑是明星啊，随时随地都在让别人看见他的脸。

"所以，所以贝茗淑的脸是一种很好的撤退措施啊，他是明星，可以合理地被关注和保护，那种关注本身就是一种保护。"

他们很紧急地搜查了一些新城王储们的传记，着急地判断小王子和双胞胎的事情，原本不合理的，只要有戚婵，也就是唐冉的参与，这些事情就合理了。

"为什么会在娱乐圈啊。"

"因为唐冉需要文化清洗委铭国。"

"看起来她想文化清洗我们。别忘了唐冉也不是本国人。"

25 再见零七

根据 Captain 的一点点寻找目露球瞳的消息，这种东西找到了一个类似的外语直译，的确是一种爪哇传说里说起的神奇的东西，但是它只是形容一种神奇，没有具体说是什么东西。

"那看起来目露球瞳就是一种神奇的东西，而不是别的东西咯。"他们四个分外和谐地坐在一块喝茶，唐钰已经基本了解了那栋楼的神奇之处，各式各样奇怪的东西都会在那里出现，而结合唐家奇怪的联系，她也有可能感受到或者看见奇怪的画面。

"唐冉让我们快点下去。"他们说完以后都觉得奇妙，原本以为这个人的出现和回来会让自己感慨，可是好像很快就接受了，看来敏感的人未必会很脆弱。

"我们会面对的可能是什么呀？"

"我们会面对的可能是当时那些计划的秩序，我们如果可以代替红门继续去争取一些内容就好了。"

为了让祁慰多了解红门的内容，包括阮听心和唐珦两个离家比较早的孩子，他们就自己所知梳理了一番红门的历史。红门较为重要的三姓，唐家是以红椁、古建筑、结构为人所知的传说中心，他们的各种任务得到了神明的援助，很奇妙。阮家和唐家世代互相支持，也有人觉得阮家有舞弊之嫌，在红门一次次保护唐家在其中的地位，才让它被夺走了红樨之后还有立足之本。林家的巫蛊之术早就被各方盯上了，他们从此低调从商，但是连红樨都被彻底禁掉之后林家的蛊术也没有被划入任何禁区，林家不想背上做了某些勾当的嫌疑，逐渐在红门里声音小下去，也让下蛊成为一个谜。让阮家成为红门之首，逐渐就是最和谐的决定。

三姓也有各自鲜为人知的弱点。唐家总是会生出颇具魅力的后裔，其实就是擅于商讨，可是他们对一些东西有很多成瘾性，但是这也是一种无可考证的传说，谁能知道成瘾性是种什么症状。这种传说的根源都是因为世人对于红樨的谈虎色变，越描越黑，直至闻风丧胆到需要完全缴获。对于红樨成瘾性这种敏感的性质，更加加深了对唐家误解的想象。

"什么？从你对初恋的态度来看成瘾性还不够多吗？"

"那是长情，你不懂。那你的成瘾性是什么啊？"面对唐钰的耿直，唐珣也开始搜刮回忆里她的黑料。

"好了，重新来，红门和委铭国富商蓟备乙对一些岛上的仙女做了一些神秘实验，蓟备乙是害怕自己的人类身份带来后裔的弱势和被奴役的命运，唐家对实验还有好奇所以收养了唐冉，唐冉看起来也不想放过红门，可是又莫名其妙地让唐珣和新城小王子的双胞胎认识了。"

25 再见零七

"他们需要和蓟备乙协商好,放出林绮媛,安抚蓟备绾竹的受伤,我们需要去危楼里看看唐家还有多少我们不知道的历史,以及到底谁是坏蛋。"

"盈郑也想去,她说会需要的。"

"我想到一些恐怖的事情。"唐珣毫无威慑力地开口。

"是这样的,原本我学过的 FreeN 喜欢的建筑里,不乏有一些四兔献祭图。也就是四只兔子共用耳朵,象征生命不息。"

唐钰拍拍她,"我们身型相差太多了,摆上盘子都不稳的。"

"我们现在有五个人了,很担心如果不是四个人的话,危楼的很多地方我们去不了。"祁慰好像稍稍有些同意唐珣。

"……"

"FreeN 有它自己的迷信,一般来说它也一样喜欢数字12,运气好的话我们只需要再找一个人陪我们下去就好了。"

"我们即使绑架也未必能找到一个合适的吧。"

各怀心思的路开了没多久就到了,好像只走了一步,他们就看见了眼前明亮的筵席,重点在于,他们带着复习的红门亲戚有不少都在那里。

"太……"

"不行，不能暴露，但是我们现在至少有办法去捞人了。"

盈郑、唐钰还有祁慰冲在前面，阮听心和唐珦心跳如擂鼓躲在后面，要不了多久，他们就会被发现。

"我有一个疯狂的想法。"现在没有易容没有面具，没有盖着红盖头的女祭品可以被她们换下来，但是唐珦想起来自己上次来这里的事情。

"唐钰，你跟我来。"他们偷偷离开了原本打算硬闯的地方，驱车去了很近的服饰进货区。闯入婆婆妈妈市场的大门，正好赶上大家忙碌了一天收摊关店，唐珦用蹩脚的官话问哪里可以买校服，阮听心及时介入，用流利的沟通和微笑俘获了阿姨的心，然后唐珦专注地拿着画染最快干的料就着记忆开始改两件衣服。她剪了一些装饰，开始把那上面的色块填满。她偏分了自己的头发，从花盆里浸湿了手开始摸自己的发丝定型。

"唐钰，你还是尽可能躲起来，我只能用自己的脸去确认一些事情。"在慌乱中，唐珦知道自己不可以吃目露球瞳，她想了想转身扑进阮听心怀里。她闭上眼睛感受着自己的心能不能被打开，他们之间是否可以燃起某种力量上的连接，什么都没有。

"我也要抱他吗？"唐钰小心翼翼地问，像是怕吵到

25 再见零七

他们。

唐珦总感觉自己有什么没有准备好，所以心里很沉重不舒服地坐在车上。

"唐钰，按你的猜测他们在那里吃饭是为了什么。"

"怎么说，江湖上叫饯行。"

"所以他们要去干吗呢？"

一阵沉默，唐珦忍不住叹气。"早知道这样，上次就不离开那栋楼了。"

尽管是一群人堵住了危楼的入口，唐珦依然安慰自己有一些胜算，毕竟这一群人本来就是他们最大的掩护，她要求他们尽可能保护着唐钰进入入口。唐珦深呼吸地爬上那些空调管道，她在确认自己爬到哪里会被看见又能正好挡住她伙伴们的行动范围。他们的计划是从背面往前爬，或许门口的人根本就不像祁慰一样知道这栋楼该怎么往下跑，又或许他们知道的更多，但是他们需要往下走。没有她在，盈郑、阮听心、祁慰和唐钰是正好四个人，应该能开启很多机关。

尽管唐珦没有想到自己该怎么爬进去，她依然有办法一边行动一边想。原本复杂的计划其实只需要一点运气和群众的推动就会变得合理起来。

唐珣想象着，虽然自己上次因为方向感差劲认不全路，可是借着自己对空间和画面的引导，还是可以引起一些大众幻觉的。那栋楼中间是空着的，现在是夜晚，整栋楼是梯形，从他们现在面对的位置还有一些空间可以操作。简单来说，从特定位置掉下去不会摔死。

唐珣没有办法和他们数着"一、二、三、跳"，她只能抓住一个机会，一个有光源靠近他们的时候，她要根据和唐钰的默契演一出戏。

不论多不靠谱，多不确定，在她默默等待光源降临的时候，就冲上前去，扑向对面站着的身影。

"自古靠着装神弄鬼煽动人心的都是什么结果，你看看，看这栋楼，我告诉你们……"说话的人姓魏，算红门小姓人家，性格本分守旧，喜欢在宴请的时候侃侃而谈。这栋楼的传说，也只有这种时候会被提起。魏伯十分招人喜欢，尽管大家绝不苟同他的内容，可是很喜欢他提起它们的方式。

"什么结果啊老魏。"捧哏的说完就藏起来。

"那是要有报应的啊。要掉一层皮的报应啊。"魏伯故意地收起眼神，"传说，你知道吧，就是这里有过最后一个掉了一层皮的人。"魏伯敲了敲桌子，早就没有人注意他说了什么。魏伯倒是像被什么击中一样，一动不动地手指摸了摸红色的桌布，红门早就不像从前热血沸腾，狠狠地在乎着什么东西，而是一众琐碎之辈投降于改换的规则，缓慢放弃了一声声名号。

老魏还是小鬼的时候，最执着于听这里的一个个传说，他不曾说过，但是传的过程让传说在继续活着，他才这样入迷。他知道这里曾经有红门的前辈奋战的遗留痕迹，也有那些漂泊的，他不曾见过的灵魂，而那些曼妙的身姿，年轻的背影，穿着只能想象出的蓝色队服，让他不止一次地想象着那场传说里的婚礼，那个奔向末日的蓝色身影，还有穿着古旧长裙的新人们，还有那只传说里的鼓面仪器……没有过多的细节留给他，他没有幸运到可以像他们中的一群人，眼见那些画面。他时常在被红门环绕的时候，假装自己可以看见他们。在他的想象里，祖先实践员有浅棕色的自然长发，她会奋不顾身地跑向那只惧津鼓，以身为木，燃起一场足够大的火，燃起一场足够深的怨，让这栋楼和那场典礼被困在此处。

"姨！"桌上最小的阮姓娃娃张大深蓝如墨的眼睛将手摁住伸进碗里的筷子，不止是他，很多灌下一整晚酒菜的脑袋晕得缓不过神，也定住视线看向这栋褪色只剩骨架的楼上，鲜艳的传说又在上演。

魏伯呼吸顿住，他看见了口口相传的蓝色身影正在楼角，她冲跑，飞起来，飞向了危楼那开在楼上，向地下蔓延的入口，浅棕色的长发在舞蹈，如仙女一般，她好像跑向了那缓慢旋转的神器，以全身的力量献祭。

魏伯止住了呼吸，却止不住眼角的泪水。

"老魏！"

"魏伯！快叫人啊！"

"零七！是她，是零七！"

"太太！"

"姑奶奶！"一时间，"零七"的后人迸发出呼喊，原来零七，零七的故事依然在后人的嘴边，在她的面前，所有的感情都被唤起。他们一边叫唤着让魏伯送医，一边以为楼上的一切不过是目露球瞳刺激出的幻境，不再注意。

"我们成功了！"就在众人乱作一团的时候，剩下的人也趁乱绕到了会暴露的门前钻了进去。

"四个机器，你们看一看，谁该留在上面。"现在再去一个个找新机器又要耗费一些时间。

"我该留在这里。"祁慰摸了摸鼻子，他们也不再谦让。在他们一个个躺好以后，祁慰突然敲了敲他们的盖子，他闷着

25 再见零七

嗓子告诉他们，按钮。几人心领神会，这栋楼这段时间一定有重要的事情发生，原本需要笨笨地头朝下踢出脑震荡的机械，终于如通电一般，带着他们缓缓下降。唐珣紧张，她摁红了手指，才发现松开以后机械依然在继续下降。她缓缓地喘气，心想也不知道这里的空气能让她待多久，还好祁慰没有进来，如果他们都被闷死在里面，外面全是亲戚却无法呼求，不免好笑。她轻轻地想，不知道妈妈在不在外面。

"德杰斯尼克！"

唐珣昏昏欲睡的时候，猛然听见一声呼喊，那是她会说的一点点新城的俚语，那是一种对孩子的称呼。

唐珣立刻清醒起来试着撬开自己的盒子，在这种时候它几乎是一件棺材，她拍打着自己的盒盖，然后摸着刚刚扣好的盖子。只要把那个铁舌头掰开，应该就可以了。她觉得不对，害怕自己曾经的精神症状会被刺激出来，她呼喊着新城话，希望刚刚外面的人可以打开自己的箱子。果然，外面好像有人，唐珣感到他屏住了呼吸在小心听。估计外面的人是个孩子，这是个好机会，如果发出太大的声音会吓跑他的话，屏住呼吸就可以——

"啪嗒——"让孩子把箱子打开。

她猛踹一脚，盖子被大力掀开了，她踹的那只脚搭在箱子边缘,晃了两下,幸好不是一层一层踹下来的,那才是害命。

"公主!"小孩子有一层毛茸茸的小短发,棕色皮肤。

"棺材里的不全是公主,还有吸血鬼。"她从箱子里爬出来,心想,如果不是个孩子,未必会放自己出来呢。

"你叫什么名字?"

"玛釉。"

"可爱。"她伸出手揩油,小娃娃的脸就是好好捏哦。她摸了两下外边的搭扣,准备去寻找差不多的布置,然后找到他们三个。虽然分外担心他们,可是自己刚刚也是侥幸活下来,她不知道是自己跑得比恐惧快,还是心里只想着那个终点,才没有惊慌,只是摸了摸身边的孩子。她想起自己第一次坐上阮听心的车,从那以后再也没有所谓休息,也好吧,一直那样生病,精神病,不就是因为心里一直摸不到一丝安全吗。

零七,零七是她和唐钰拼凑回来的记忆。根据姑姑还有阮寸心补齐的拼图,她是一位长得很像自己的前辈,从前应该就是在这里,穿着他们实验的服装,遇见了一个人,那个人,那个项目,可能一起背叛了她。而他们外表荒诞的婚礼应该是投身了一种非正义的力量,投降了,唐零七不允许这样的事情发生,于是带着一身象征着唐家被神祝福的力量,冲向了稳定那个实验场所的核心神器惧津鼓。惧津鼓是唐家曾经惧怕的存在，它和唐家身上自带的力量是相冲的，也不是简单的相融。

唐珣摸了摸那箱子外边的搭扣，她发现了，这个箱子被从外面锁上了，是委铭国一种质理锁，箱子一路下降的时候会越关越死。是祁慰，是祁慰想害死他们。

"阮听心你在哪里！唐钰！你们在哪啊！盈郑！"快速地拉上身边的孩子，唐珣奔跑着，她在一条人修地下浴池的尾部，她的喊声惊动了身边的孩子，他陪着她一起喊起来。

"唐珣！"

"唐珣！"她好像听见了两个人在喊自己，她无比痛恨自己的身体好像很是熟悉那个声音，竟然比意识先一步转身，满目流光地想扑进那位蒋先生的怀里，跟小时候一模一样。

没有人。就和前几百次一样，她好像以为自己被命运赦免了，可以见他一面了，最终还是不是他，心里人终究不会如明珠被滋润而成，只会造就遗憾然后随风忘得干净。好像蒋先生初次沐光露出的微笑还在感染着她，她在气自己被别的孩子奚落，他在书中抬起那张好像总是藏了一个笑话的脸。她的爱难道还是无声吗，为什么不管过了多久世界都听不见，他也好像永远都听不见。手指绞进掌纹，她满脸的泪水也没有移开胸口一丝重量，她突然理解了至少零七的一丝心情，那便是奔向那面鼓以后，她终于不是自己。会是这样吗？

不！不可以。她是民族英雄，绝不会因为一个人，或是自己，而不愿意做自己。红门带来的荣耀不是身不由己，应该是用每一天去拥护先祖留下的一口气。

◆ 26

敲响惊堂木

唐钰是被一阵清香唤醒，又在人声的呼喊下逐渐清醒过来了。

"唐小姐。"唐钰一阵怪异，而后想起，一般被称作唐小姐的都是唐珦。

"唐小姐。你还记得这里吗？"

"可能你已经不记得这里了，你们上次来这里，是在另一片区域。"

唐钰这才看见了面前的外国人，他的口语流利极了，少有口音，而且举止很是绅士谦逊，即使是唐钰，也没有太多敌对情绪对着他。

"唐小姐，你知道你们红门的人为什么会在这门口聚餐吗？"

"不知道。"她诚实作答。

"他们在每隔几年庆祝自己当时活下来。"

"红门和 FreeN 大大小小的合作不少了，我们也不是什么神秘似外太空的组织，只要是人才，我们都会赏识和结交。"他露出了第一个让唐钰害怕的笑容。

"先生怎么称呼，还有为什么需要我们？"她所说的"我们"是指红门。

"你们真的很需要补一补历史了。我叫布伦。"唐钰听见"不伦"抬起了眉毛。

"你该知道从前，委铭国的一个，普通出身的富商，他很惧怕你们所有人拥有的能力，他又不想丁克，又不想自己的后裔被你们奴役，所以就想抓仙女。"

"我的祖先不会做这种事情。"

"没错，你的祖先参与的任何实验都是因为和 FreeN 的合作合约，他们也有想要学习引进的技术，思想也十分开明，同时也非常善良地收养了仙女唐冉，可是唐冉并不是一名普通的仙女，她是仙女供奉的神女。"

唐钰听到名词揉了揉脑袋。

"神女可不会像仙女一样，每天恋恋爱，洗洗澡，美美的就好，神女要放下所有意志，认真为仙女族祈福的。"布伦为唐钰倒了一杯水，她看了一眼四周，是装饰典雅的房间，呼吸顺畅，耳朵也没有不舒服。

"你应该也听出来了，仙女一族非常保守，这也是她们被盯上的原因。身体素质异于常人，相比较之下，唐家所有的能力更像是唐家独有的，而且神秘，加上唐家和组织以及红门的威名，他只是孤家寡人，只敢欺负单纯的仙女。"

"其实他一个小小富商根本没有能力控制仙女。是因为唐冉出卖了他们全族，唐冉和组织讨论了整个实验的预期，她不愿意做神女，她只想学习。"

"……为什么跟我说这些？"

"因为我想让你知道，你为什么失去了自己的姐妹。"

唐珣不知道自己是怎么来到这里的，她好像被爱恨拖拽进一个很深的梦里。

"你再给我一次机会，再给我的命一次机会，我不是怕死，我——"

"你就是怕死！我需要一个新的机会，只要你死了，新的零九就会出现，我还可以等到她来。我会告诉那些人，他们的家人都可以活过来，你觉得你跑得了吗，你跑得到哪里，即使是我死了，也会有不甘心的人要追杀你。"

这好像是姑姑，好像是那只手，挥舞着剑花像是轻盈得要飞起来，是她想要靠近的姑姑。她听见唐冉的声音的那一刻就想完全地放弃抵抗。三世一望，那是她深深记挂的姑姑，她永远不愿意背叛分毫的姑姑。很烦对吧,要用这种认知去克服本格的物理世界,去相信真正的黎明只在梦里,无所谓真假,只要这个世界和我毫无关系,谁说我没有逃走。

胆怯的人选择一遍遍咒骂,又恐惧即将到来的灭顶之灾,孤独的人一次次告别,想告诉自己不期待爱人回来。

"零七她不是放弃了,她是想要逃出自己的生命,可是你不能懂这种感觉,你假装成别人只是为了逃走!"唐珦绝望地剑指唐冉。她想告诉唐冉和自己,身负命运的抗争是很辛苦的。她不可能赢,现代社会之下唐冉的剑花几乎无敌,可以把她雕成任何样子,可是如果不去试一试,就要完了,而她不可以完了!

唐珦很想超常发挥刺中这个女疯子,可惜她感受到了心里的慌乱,每次只有一次机会的时候,只要被打断了,她就会忍不住放弃。

"唐冉,你说的话已经被全世界听见了。"贝茗淑的声音莫名响起,作为新城储君之一的他满面威严,俨然兵临城下的将领。

"为什么连你也选择她!"

"可是我选择你!"蒋曼声如同一座高大的像,慢慢靠近,慢慢变小,一点点靠近了唐冉,也靠近了唐珦。

不要分心。她两手互相抚摸，握紧了兵器稳稳刺出。

"不是他选择了唐冉，是你选择了自己。"

唐珣醒来以后，发现自己手握着那柄藏在身上的小金刀，除了玛釉，周围许多很小的孩子，躺在一只只仿佛量身定做的台子上，那一瞬间她想起了这只台子，这只台子是她藏在心底深处的秘密。

一直以来各种心理治疗都没有让她的心开口，允许自己说出这一切，或许是红门给的压力，或许是妈妈温和的笑脸，或许是奔赴国外生活，让她终于明白了这一切都是自己逃离的真相。

雨林，传说，心里深处的爱人带来的吻或是到死也不亏的梦，原来真的有一些版本存在，而这个过程早就变成了金玉其外的组织尝试找出红门中特殊孩子的行动。零七，零八，零九，所有有强大力量或是神明选择祝福的孩子都会在这个传说中醒来，她轻轻揭开玛釉的外衣，从中看见了那个在传说里刻在额前的符咒，现在以一种诡异又小巧的形式藏在他们的衣服里面。

原来如此，玛釉根本不是红门的孩子。

"唐小姐,外面那些房子里就是红门贡献的传说,它每隔一段时间就会帮我们找到最神奇的孩子在哪里,当时你们姐妹俩也在这里。"布伦摸了摸她的前额,那年他们还在摸索实验阶段,只有唐珦的符咒小心地刻在隐秘处,而唐钰的还是刻在额前,所以她之后整容了。

"红门,红门也想知道谁是接下来最有力量的孩子,所以有人在主动地把孩子送给你?"唐珦推门进来。从符咒里醒来,她咬着牙,那是第二次,第二次从这个浪漫的传说里梦中逃生,耗尽力气。唐钰跑过来抱住她。

"所以唐小姐,这一切都是因为唐冉,她浑身上下都是背叛的骨头,说不定这些想法就是她告诉上一辈红门决策者的。"

"我要求您停止,对我们的孩子们实验。"唐珦湿润的发丝已经逐渐变干,她拒绝布伦的说辞影响自己的想法。

"这不是你可以理解的,我希望你明白,唐珦,你的前辈定下这样的约定当然是有你无法知道的原因。"

"您可能不知道一些事情。之前我们在危楼,还有各个地方都发现了一位艺术家的照片,那位艺术家总是有独到的见解和拍照思路,刺激出模特最完美的一面。"唐珦学着布伦一段一段慢慢说,实际上也是因为自己累得出不了声。

"您以为唐冉是个疯子，事实上，她发现了 FreeN 组织在偷偷结合仙女和委铭国孩子的基因，甚至是更多孩子和仙女族基因，她能发现这一点，是因为她曾经发现过仙女族有人为了利益愿意出卖族人，所以深深的背叛使得她伤心地投奔红门。离谱的是，蓟备乙说动了组织里不少极端主义者，成为拥护派。但是仙女基因会不断害死他们，或是让他们疯掉，所以才有看起来那么多孩子因着唐冉而死。您必须放过接下来的孩子们，不然所有人都会支持找到组织里拥护蓟备乙的那些人，要求他们付出代价。"

"所有艺术家蓟备丞的照片，都是证据，那是他们冒着颠覆一切的风险找到的，他们需要被隔离起来。"

"先生，您更了解组织，一定会知道如果拥护派人数越来越多，会有多少人死于这样的贪念。推着他们向前走的是恐惧，而您一定会一直需要红门，需要唐家。"

布伦看着唐珦，还有紧紧扶着她的唐钰，叹气，"看来你们是不会杀了唐冉了"。

他的手伸向自己的后腰，唐钰算不出逃生的希望，只是紧紧抱住唐珦。

"嘭——"

27 预备自己

寂静过后，她们慢慢分开彼此，看见的是阮寸心和阮听心的骄傲笑脸，布伦的枪保险还没有拉开就被赶来的兄弟们打中了。阮听心抱歉自己晚了一步，他躺下后看见跟着唐珦的祁慰，觉得他的退出反常，还没有等他理出证据，就看见他对着唐珦的箱子做了什么，可是唐珦按下按钮以后就来不及了。

FreeN 里的拥护派是彼此保护的，因为他们既想要拥有这样的能力，又想凌驾于别人，所以他们对投入社会的每一个实验品都加以追踪，唐冉一定是想了很多办法偷偷地一个一个找回他们。

红门到现在还维持着给组织投喂孩子的契约，这中间一定还有很多秘密。唐珦抬头看着天，他们也想到了真真假假的红门，还有一个又一个被送下来被伤害的孩子。

"唐珦，你没事吧。"

"不要叫我唐珦，我应该是，零八？零九？"她摸索着那柄小金刀。唐珦，唐珦跟零七一样，是最有力量的那个，她隐隐在想，身体里的力量就快要冲破一切，甚至是还原一些不可能的事情了。而唐钰的醒来，应该和很多幸运醒来的孩子一样是因为坚定的意志，才突破了梦境。

她看着阮听心，想起来他们相拥的那一晚。

"你们知道贝茗淑怎么样了吗？"

阮寸心激动地拍拍阮听心，"嘿呀你们还没听说吧，可神奇了，贝茗淑居然有一个双胞胎兄弟……"

FreeN 在新城有一间风格传统的会议室，事实上这个会议室举办的所有会议都是线上的。保洁擦拭完灰尘以后，拿出一只小号簸箕和配套刷具，短短的手柄之下是一种毛质特殊、坚硬且密集的刷头。他戴上面罩只露出双眼，熟练地举起刷具靠近着桌角或是地面，慢悠悠地走。有时只是带起一些灰尘，有时，刷具到一处细沙四散的地方就冒起青烟，有既像嘶吼又像呜咽的生物正在慢慢被那些刷具扯动，好像承受着巨大的苦处要成型，却又没有。它们剧烈的动静使得刷子上的力量因为抗衡缠得越来越紧，然后慢慢的刷具会平静下来。保洁不敢摘下面罩，小心翼翼地将刷具簸箕放在固定位置，欠身离开。

两个月后，匐界飞往新城的飞机上，唐珣睡得昏沉，好像口罩和头发粘了自己一脸，就在她等着睡意打败自己，继续昏迷的那个时候，一只鸭舌帽出现在她眼前。那个人即使坐在她右前方的座位上，也显得那么高，那么瘦，那么近，那么不可能，无论梦境多像现实，现实永远更像。唐珦看着他侧着身子照顾着身边的约莫一两岁的孩子，他那么小，手里托着一小盆漱口水，那盆漱口水在他手心飞了起来。

唐珦觉得自己快昏过去了。

焦躁不安或者等到麻木的少年人，准备好与否，你们都被时间推上风口浪尖了。